정령의 펜던트

발렌 판타지 장편소설

ORIGINAL FANTASY STORY & ADVENTURE

dream
books
드림북스

정령의 펜던트 26 바람의 정령왕, 템페스타

초판 1쇄 인쇄 2022년 11월 11일
초판 1쇄 발행 2022년 11월 30일

지은이 발렌
발행인 오광백
편집 편집부
일러스트 보살
표지 · 본문 디자인 오정인
제작 조하늬

펴낸 곳 (주)삼양출판사 · 드림북스
주소 서울시 강북구 솔샘로159
대표 전화 02-980-2112 **팩스** 02-983-0660
블로그 blog.naver.com/dreambookss
출판등록 1999년 3월 11일 제9-00046호

ⓒ 발렌, 2022

ISBN 979-11-283-7160-8 (04810) / 979-11-283-9513-0 (세트)

드림북스는 (주)삼양출판사의 판타지 · 무협 문학 브랜드입니다.

26

발렌 판타지 장편소설

ORIGINAL FANTASY STORY & ADVENTURE

✦ 바람의 정령왕, 템페스타 ✦

정령의 펜던트

★
dream
books
드림북스

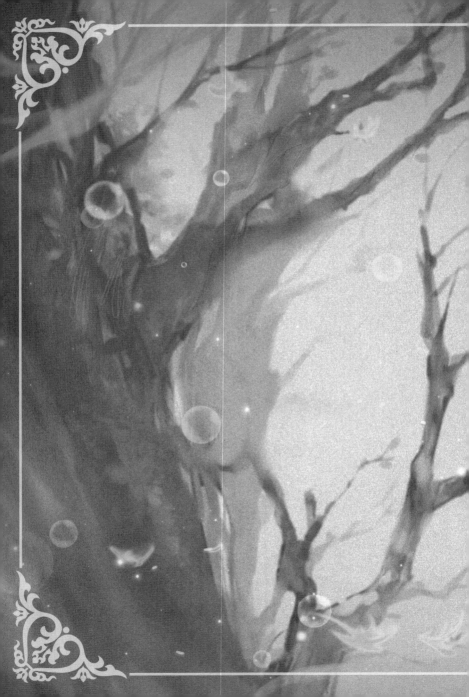

목차

Chapter 1.
에이단의 침묵

1.

"어? 눈이다!"

피곤해 죽겠다며 기차를 타자마자 곯아떨어졌던 에이단이었다. 그런 녀석이 어느새 일어나 창문에 바짝 달라붙어 바깥을 보며 외쳤다. 피로한 기색이라곤 찾아보려야 찾을 수 없었다.

"온통 하얀 세상이야. 완전 예쁘다!"

"삐욕! 삐욕!"

에이단의 정수리에서 자고 있던 잉그리드도 주인 따라 신이 났는지 총총거리며 울어 댔다.

"함박눈이네."

"밤새 내릴 것 같지?"

"어, 다들 고생하겠어."

한껏 들뜬 에이단과 달리, 창밖을 향한 바율과 라나사의 얼굴엔 근심이 어렸다.

"별일 없어야 할 텐데요……."

그건 리타도 마찬가지였다. 해밀턴에서 나고 자란 그녀에게 눈은 반가움의 대상인 동시에, 골칫거리이기도 했다.

"바율, 고생이라니?"

입을 헤 벌린 채 눈발이 날리는 모습을 지켜보던 에이단이 그게 무슨 소리냐는 듯 고개를 돌렸다. 그제야 주변을 둘러보니 눈을 보고 기뻐하는 건 자신이 유일했다.

천족인 알레그리아나 마족들은 그렇다 치더라도, 바율과 라나사, 리타의 반응은 다소 의아했다.

"올해 내리는 첫눈이잖아. 너희들, 눈 싫어해?"

"싫지는 않아."

"나도. 단지 앞으로 눈 때문에 일어날 일들이 걱정이지."

"눈 때문에 일어날 일이라니?"

"저게 도로에 쌓여서 얼면 어떻게 될 것 같아?"

"…아!"

라나사의 질문에 에이단은 비로소 무슨 말인지 이해했다

는 듯 머리를 주억였다. 창밖으로 보이는 눈은 여전히 아름다웠지만, 현실적인 부분을 고려하자 친구들의 염려가 바로 납득이 갔다.

"문제는 그것만이 아니에요. 눈이라는 게 생각보다 엄청 무겁거든요. 내버려 두면 지붕이 무너질 수도 있어서 부지런히 치워야 한답니다."

"엥? 지붕까지 무너진다고?"

리타의 보충 설명에 에이단이 기겁하자 바율이 웃으며 덧붙였다.

"그래도 그건 흔한 경우는 아니야. 제설 작업이라면 이미 다들 이골이 나 있으니까."

"와, 눈 때문에 그런 일까지 생긴다니. 난 상상도 못 해 봤어."

"아무래도 캐링스턴하고는 좀 다르지?"

"좀이 아니라, 아주 많이 다르다. 뭣도 모르고 신났던 게 괜히 미안해지네."

속없이 좋아했던 게 신경이 쓰였는지, 에이단이 괜스레 입술을 삐쭉거렸다. 그러다 불쑥 무릎을 치며 정령들을 거론했다.

"근데, 그것도 정령들에게 부탁하면 다 해결되는 거 아닌가? 스피넬한테 눈을 녹여 달라고 하든가, 아니면 애초에 셰임이나 템페스타에게 치워 달라고 해도 되겠고. 아, 아니다. 아예 이노센트에게 눈을 멈춰 달라고 하면 될 것 같은데?"

"해밀턴은 원래가 추운 도시야. 눈이라면 모두에게 익숙하기도 하고."

"그치만, 매번 고생이라면서."

"그렇다고 지금 상황이 재해는 아니잖아. 아무 때나 매번 정령이 나설 수는 없어."

"헐, 바율 너…… 은근 냉정하구나?"

제 친구의 새로운 면을 목격했다는 양 에이단이 두 눈을 크게 치켜떴다. 그러자 여태 조용히 있던 알레그리아가 특유의 침착한 음성으로 끼어들었다.

"바율은 냉정한 게 아니라 잘하고 있는 거야."

망각의 지대에서 함께 치열한 전투를 벌인 이후, 알레그리아는 확실하게 일행의 편이 되었다. 보는 눈이 없을 땐 항시 존댓말을 고집하던 그녀가 반말을 사용한 지도 벌써 꽤 지났다.

아카데미가 겨울 방학을 맞이하면서 친구들은 각자의 집으로 돌아갔다. 다만 알레그리아는 달리 갈 곳이 없다는 이유로, 에이단은 무하와 떨어질 수 없다는 이유로 현재 바율을 따라가는 중이었다.

"자연은 본디 균형을 이루는 게 가장 중요해. 그러니 정령의 힘을 무턱대고 남발하는 건 지양해야지. 도리어 후에 좋지 않은 영향을 끼칠 수도 있거든."

"아, 정말?"

"응. 게다가 새로운 정령왕들이 탄생함으로써 인간계는 이미 서서히 변화하기 시작했어. 앞으로는 재해도 차차 줄어들 거야."

"정령왕의 존재만으로도 그리된다니, 녀석들이 진짜 대단하긴 대단하구나."

어딘가에 있을 사대 정령을 떠올리며 에이단은 새삼 감탄했다. 더불어 템페스타가 정령왕이 되는 순간 무슨 일이 벌어질지 사뭇 기대감이 샘솟았다.

덜커덩!

끝도 없이 달릴 것 같던 기차가 멈춰 선 것은 그때였다. 오랜 시간 앉아 있었던 탓에 찌뿌둥해진 몸을 겨우 일으켜 서둘러 내려섰다. 쏟아지는 굵은 눈송이로 인해 해밀턴 역사 역시 시선이 닿는 곳마다 새하얬다.

그리고 이번에도 어김없이 아이작과 클로에가 서로의 손을 잡은 채 딸의 귀환을 마중 나와 있었다. 덕분에 라나사의 입가에는 좀처럼 볼 수 없는 환한 미소가 지어졌다.

작년 이맘때 해밀턴에 첫발을 딛던 날, 처음으로 진짜

'집'에 온 것만 같다고 느꼈었던 당시의 감정이 재차 차오르며 다시금 그녀의 가슴이 뛰었다.

설렌 기색을 애써 감추며 부모님에게로 향하던 라나사가 돌연 멈칫하며 어깨를 떨었다.

"엄마……?"

그런 그녀의 시선은 클로에의 복부에 집중되어 있었다.

두꺼운 겉옷을 입고 있었지만 확연하게 티가 났다. 날씬하던 엄마의 배가 뭔가를 숨기기라도 한 듯 볼록하게 튀어나와 있었다.

"라나."

조금은 쑥스러운 듯, 딸의 이름을 부르는 클로에의 뺨이 붉어졌다.

"바율, 지금 이거 설마…… 내가 상상하는 그런 상황 맞아?"

무하와 장난치느라 가장 늦게 기차에서 내린 에이단이 눈이 휘둥그레져서는 바율의 귀에다 대고 속닥였다. 그러나 놀라기는 바율도 매한가지였기에 대답은커녕 멍하니 눈만 깜박이는 게 다였다.

"라나사, 클로에가 말이다. 큼, 그러니까 네 엄마가……."

"언제예요?"

"…어?"

딸에게 임신 소식을 전하는 게 이렇게나 어려운 일이었던가. 비지땀이 흐르는 걸 손으로 대충 훑으며 힘겹게 말을 꺼내던 아이작은 라나사의 난데없는 질문에 말문이 턱 막혔다.

"출산 예정일이 언제냐고요."

"아, 그게……."

"남자인지 여자인지는 아직 모르겠죠?"

"그건 나와 봐야……."

"하긴, 무슨 상관이겠어요. 그래도 이왕이면 전 여동생이면 좋을 것 같아요! 남동생이라면 이미 차고 넘치니까."

"…그 말은, 너도 엄마가 아이를 가져서 기쁘다는 뜻이겠지?"

"아빠는 무슨 그런 당연한 걸 물어요?"

아이작을 잠시 어이없다는 듯 바라본 라나사는 이내 빠르게 달려가 클로에를 끌어안았다.

"엄마, 고마워. 드디어 나한테도 친동생이 생겼네."

혼자라고 딱히 외로웠던 건 아니지만, 라나사는 제게도 동생이 생겼다는 사실이 너무나 감격스러웠다. 이미 충분하다 여기던 삶이 새로운 가족이 생긴다고 하니 무언가 더욱 꽉 차오르는 느낌이었다.

자신과는 달리 오롯이 축복만을 받으며 태어나고 자랄 동생이었다. 라나사는 진심으로 그것을 다행이라 여겼다.

"축하드립니다."

"저도 축하드려요!"

"선배, 축하해요."

"오냐, 고맙다들!"

바율과 에이단이 한마디씩 하고, 이언까지 어깨를 툭 치며 축하의 말을 건네자 아이작은 비로소 긴장이 풀리는 듯했다.

뒤늦게 얻은 딸의 눈 밖에 나지 않기 위해 그간 부단히도 애를 써 왔다. 해서 사실 아이가 생긴 이래로 내내 가슴을 졸여 왔다. 부모의 사랑을 동생과 나누길 원치 않는 첫째들이 있다는 말을 어디선가 주워들은 탓이었다.

"아빠, 마차는 어디에 있어요?"

눈발이 점점 거세지고 있었다. 임신부인 엄마가 행여 감기라도 걸리면 큰일이었다. 라나사가 클로에를 부축한 채 뒤도 돌아보지 않고 출구를 향해 걷기 시작했다.

"야! 아무리 그래도 그렇지, 우리한테 인사도 안 하고 가냐!"

에이단이 투덜거렸지만 이미 엄마 생각뿐인 라나사의 귀에 들어갈 리 만무했다. 집에 가면 볼 텐데, 무거운 몸을 이끌고 힘들게 뭐 하러 여기까지 나왔냐는 잔소리만이 점점이 들려올 뿐이었다.

"동생 생긴 게 되게 좋은가 보네. 뭐, 이해 못 하는 건 아니지만."

집에 있을 클라라를 떠올리자 에이단은 저도 모르게 픽 웃고 말았다.

멀어져 가는 라나사의 뒷모습을 바율이 멀거니 응시하던 그때, 익숙한 목소리가 모두의 귓전을 울렸다.

"도련님 오셨습니까."

"조아나 집사님!"

그 음성의 주인을 제일 먼저 알아본 건 리타였다. 녀석이 비명과도 같은 외침을 발하며 조아나 집사에게 서둘러 인사했다. 늘 그렇듯 이번에도 그녀가 바율을 마중하러 나와 있었다.

"아버지는요?"

마차에 오르자마자 바율은 아버지의 안부부터 물었다.

"현재 출타 중이십니다. 도련님이 오시는 날에 맞춰 돌아오실 계획이었지만, 아무래도 눈 때문에 하루쯤 연기될 듯합니다."

"멀리 가셨나 보죠?"

"예, 입궁하시기 전에 영지를 꼼꼼히 살펴보신다고 하셨습니다. 이제 겨울이지 않습니까."

"그렇죠."

해밀턴의 겨울은 혹독함을 넘어 참혹하기까지 했다. 언제 올지 모르는 한파를 대비하려면 미리부터 서둘러야 했다. 란데르트 공작령은 워낙에 방대해서 둘러보는 데만 해도 오랜 시간이 소요되었다.

아버지의 빈자리가 아쉽기는 하나, 바율은 내색하지 않고 그동안에 있었던 소식들을 차분히 전해 들었다.

"작은아버지께서 오셨다고요?"

그러다 반가운 이야기에 절로 미소가 새어 나왔다.

"사흘 전에 도착하셨습니다."

"황태자 전하의 약혼식 때문에 오셨나 보다!"

"응, 그런 모양이야."

리암 숙부를 마지막으로 본 게 작년 사촌 누나 릴리스의 결혼식 때였다. 오랜만에 숙부를 만날 생각을 하자 바율은 갑자기 마음이 들뜨기 시작했다.

"작은아버지는 저택에 계시겠죠?"

"예, 도련님."

"그럼 일단 본성에 먼저 들러 일행을 내려 두고 인사부터 가야겠네요."

작은어머니와의 재회는 영 불편했으나 그렇다고 조카가 되어서 차마 숙부를 오라 가라 할 순 없었다. 그래도 숙부 앞에선 친절하게 굴던 분이니 별일은 없으리라.

"마부에게 그리하라 지시하겠습니다."

이후로 몇 가지 소식을 더 듣고 나서야 마침내 마차가 본성에 이르렀다. 그리고 마차의 문이 열리기가 무섭게, 재스퍼를 선두로 보석 사인방이 미친 듯이 짖으며 바율을 향해 달려왔다.

그러던 녀석들의 움직임이 느닷없이 멈춘 건 무하가 땅에 내려선 순간이었다.

거대한 몸집에 까만 갈기를 휘날리며 하얀 눈밭을 딛고 선 무하의 모습은 선뜻 가까이하기 어려운 어떤 위엄이 느껴졌다.

마중을 나왔던 조아나 집사 역시 그런 이유로 감히 묻지 못했다. 바율을 맞이하기 위해 부러 궂은 날씨에도 불구하고 밖에 나와 있던 성내 하인들 역시 무하의 위용에 넋을 잃은 듯했다.

"재스퍼!"

하지만 재스퍼는 역시 재스퍼였다. 아주 잠시 꼬리를 말긴 했으나, 바율의 부름에 즉시 바람같이 뛰어왔다. 그러곤 곁에 바짝 붙어서는 무하를 향해 송곳니를 드러내며 으르렁거렸다.

녀석도 가드견으로서 어디 가서 빠지지 않는 덩치이거늘, 무하와 마주하자 흡사 소형견처럼 보였다.

"컹컹!"

"컹컹컹!"

재스퍼의 행동에 용기가 생긴 듯 보석 사인방도 덩달아 적개심을 내보이며 짖어 대기 시작했다.

"재스퍼……."

바율이 그런 녀석들을 진정시키려는 찰나, 무하가 눈을 느릿하게 한번 깜박였다.

그것으로 끝이었다.

뭔가 억울한 기색이 느껴지긴 했지만, 재스퍼를 비롯한 보석 사인방이 거짓말처럼 입을 다문 것이다.

마족조차 겁을 내지 않던 녀석들이거늘, 과연 짐승들의 왕다웠다. 무하의 정체가 다시금 상기되는 순간이었다.

"바율 도련님, 지금 바로 가시겠습니까?"

하늘에선 여전히 함박눈이 펑펑 쏟아지고 있었다. 예전 이라면 염려되는 마음에 누가 먼저랄 것 없이 당장 안으로 모셨겠지만, 이제는 모두가 알고 있었다. 바율에겐 그 어떤 자연적인 힘도 해를 끼칠 수 없다는 걸.

잠시 흩날리는 눈발을 살피던 바율은 이내 결심한 듯 고 개를 끄덕였다.

"이 정도면 다녀와도 될 것 같아요. 그리고, 눈은 아마 곧 그칠 겁니다."

"오, 이젠 그런 거까지 알 수 있는 거냐?"

무하와 재스퍼의 신경전(?)을 흥미롭게 지켜보던 에이단이 바율을 따라 하늘을 올려다보며 물었다. 녀석이 알기로 지금껏 바율은 이런 직접적인 예고를 했던 적이 없었기 때문이다.

"어? 그러고 보니, 그러네."

그저 느낀 바를 얘기했을 뿐, 스스로도 자각하고 한 발언은 아니었다. 그에 본인이 더 놀란 듯한 표정을 짓자 에이단이 또 시작이라는 듯 혀를 찼다.

"여전하네. 혹시 셰임한테서 옮은 거 아니야? 정령왕이 되면서 예지 능력이 생겼잖아."

"나도 그랬으면 좋겠다."

에이단의 농담에 바율이 피식하고는 조아나 집사에게 당부했다.

"친구들을 부탁드릴게요. 해가 지기 전에는 돌아오겠습니다."

"네, 도련님. 걱정 말고 다녀오십시오."

"에이단, 그리아. 내 집이다 생각하고 편하게 쉬고 있어. 금방 올게."

본성에 도착하자마자 친구들만 두고 가는 게 조금 미안하긴 했지만, 바율은 숙부님을 한시라도 빨리 뵙고 싶었다.

먼 타국에서 고생은 안 하셨는지, 몸은 건강하신지 직접 눈으로 확인해야 마음이 좀 편할 것 같았다.

"도련님, 다녀오세요!"

마차에 오르는 바율에게 리타가 인사를 건네고 수행 기사인 이언까지 승차하려는 순간이었다. 별안간 무하가 이언의 곁을 바람처럼 스치며 올라탔다.

"어라? 너도 가려고?"

이언이 무슨 상황인지 제대로 파악하기도 전, '그럼 나도 가야지!' 하며 에이단도 휘릭 그 뒤를 따랐다.

"컹컹!"

그러자 마치 질 수 없다는 양 재스퍼까지 마차 안으로 뛰어들었다. 서열에선 한발 물러나야 했지만, 이곳이야말로 제가 있어야 할 자리라는 듯 당당히 바율의 옆자리를 차지하고선 턱을 한껏 치켜들었다.

문제는 보석 사인방이었다. 재스퍼가 하는 건 뭐든지 따라 하려는 경향이 있는 녀석들답게 마차로 몰려들기 시작한 것이다.

"이런, 이런."

한순간에 아수라장이 될 뻔한 상황을 막은 건 아몬이었다. 평소에도 보석 사인방에 대한 애정이 지극한 그가 언제 준비했는지 품에서 육포를 꺼내 든 것이다.

"시트린, 로즈, 스모키 크리스탈!"

넷이나 되는 이름을 헷갈리지도 않고 또박또박 부른 그는 이후 몹시도 노련하게 녀석들을 유인했다. 육포의 힘은 생각보다 매우 커서 보석 사인방은 즉시 아몬을 쫓았고, 덕분에 마차는 녀석들의 눈길에서 무사히 빠져나올 수 있었다.

"헐! 마족이 먹을 걸 내놓을 때도 있네?"

그 사실이 꽤 충격이었는지, 마차가 출발하고도 에이단의 벌어진 입은 좀처럼 다물어지지가 않았다. 음식을 앞에 두고 눈이 돌아간 모습은 많이 봤지만, 이 같은 광경은 진정 처음이었다.

"아몬만 그래. 보석 사인방을 꼭 자기 자식처럼 엄청 예뻐하거든."

"믿기 어렵겠지만, 평소에도 본인 몫의 고기를 아낌없이 내놓고는 합니다."

"세상에, 자기 고기를요? 데스가 뭐라고 안 해요?"

"데스 몰래 챙겨 주는 거야. 걸리면 무슨 일이 펼쳐질지는…… 말 안 해도 뻔하니까."

음식이 맛없다는 이유로 바르의 팔을 자른 데스였다. 그런 그가 가장 귀히 여기는 고기를 녀석들에게 나눠 주는 걸 보게 된다면, 그의 성격상 분명 그냥은 넘어가지 않으리라.

"아몬보고 항상 조심하라고 해. 어휴, 듣기만 해도 내가 다 겁이 나네."

언제나 상상하는 그 이상의 모습을 보여 주는 데스였기에 에이단은 부디 불행의 그 날이 오지 않기를 진심으로 바랐다.

"근데 무하, 넌 왜 따라온 건데?"

한껏 몸서리를 친 에이단은 그제야 자신이 마차에 탄 까닭이 떠올랐다. 녀석이 제 옆에 궁둥이를 붙이고 앉아 있는 무하를 돌아보았다.

"바율 곁에선 한시도 떨어질 수 없다고?"

무하는 아무 소리도 내지 않았지만, 그런 것쯤은 에이단이 녀석과 소통하는 데 조금의 방해도 될 수 없었다.

"그래도 적당히 해. 너 때문에 지금 재스퍼가 화 많이 났으니까."

"재스퍼가 화가 났다고?"

재스퍼는 바율의 허벅지에 턱을 괴고 엎드려 있었다. 그런 녀석의 머리를 찬찬히 쓰다듬던 바율은 예상치 못한 말에 놀란 눈으로 내려다보았다.

"재스퍼, 서열에서 밀려서 속상해?"

어려서부터 성내를 휩쓸고 다니던 녀석이니만큼 지금 상황이 달갑지 않으리라는 건 충분히 이해가 갔다. 해서 딴에는 위로를 해 주려는데, 에이단이 그보다 먼저 손을 저었다.

"서열 정리는 이미 옛날 옛적에 끝났어. 재스퍼처럼 똑똑한 녀석은 그런 데 집착하지 않아."

"그럼 왜 화가 난 건데?"

"음, 뭐랄까. 소유욕이라고 해야 하나?"

"소유욕?"

뜬금없이 그게 무슨 소리냐는 듯 바율이 인상을 찌푸리자 에이단이 빙그레 웃었다.

"너에 대한 소유욕 말이야. 녀석이 무하에게 말하길, 너한테는 자기가 먼저래. 그러니 허튼 생각 하지 말라는데?"

"허튼 생각?"

"어, 무하에게 널 뺏기기 싫단 뜻이지."

"아……."

재스퍼가 그런 생각을 할 거라곤 꿈에도 예상하지 못했던 터라 바율은 내심 당황스러웠지만, 한편으론 짠하면서 고맙기도 했다.

재스퍼는 그가 처음으로 키운 동물이었다. 가드견이라는 명목으로 곁에 두긴 하였으나, 기실 바율과 바일 형제에게 녀석은 가족 그 이상의 존재였다.

바일이 강물에 휩쓸려 떠내려가던 그 날에도 함께이지

않았던가. 당시 재스퍼가 없었다면 바율은 훨씬 더 힘들어했을지도 몰랐다.

자신을 주인으로 인식하고 따르는 무하에겐 미안하지만, 재스퍼의 자리는 그 누구도 대신할 수 없었다.

"재스퍼, 쓸데없는 생각 하지 마. 나한테 가드견은 너뿐이라고."

"…컹?"

"그래, 진짜야. 무하는 내겐 그냥 친구 같은 존재야. 그러니 날 세우지 말고 사이좋게 잘 지내야 해. 알겠지?"

"……."

답은 않고 슬그머니 바율의 눈길을 피하는 재스퍼를 보며 에이단은 웃음이 새어 나오려는 것을 꾹 참았다. 주인의 해명에도 하루아침에 나타난 경쟁자를 당장 쉽게 받아들일 수는 없는 모양이었다.

바율은 재스퍼의 털을 만지작거리다가 비장의 수를 꺼냈다.

"며칠 있다가 바일 보러 갈 건데, 같이 갈까?"

"컹컹!"

"너도 형 보고 싶지?"

"컹컹컹!"

과거에 녀석은 세계수가 곧 바일이란 바율의 설명을 신

통하리만치 단박에 알아들었다. 그래서인지 그 후로 바율과 함께 랑트를 찾을 때마다 세계수 근처를 한시도 떠나지 않았다. 학기 중엔 아버지가 간혹 데리고 갈 때도 있었는데, 그때도 마찬가지라고 들었었다.

4년이란 세월이 흘렀음에도 여전히 형을 잊지 않고 기억하는 재스퍼가 바율은 가여우면서도 기특했다.

"도련님, 도착하였습니다."

오랜만에 재스퍼의 재롱을 보며 신나게 웃고 떠드는 사이 드디어 목적지인 숙부님의 저택에 당도했다. 아직 눈이 내리고 있긴 했지만, 그래도 그새 눈발이 확연하게 줄어 있었다.

"바율, 네 말대로 진짜 눈이 멈추면 란데르트 공작 전하께서도 오늘 돌아오시는 거 아니야?"

"글쎄. 나야 그러면 좋지. 아버지를 더 빨리 뵐 수 있을 테니까."

일행이 마차에서 내리자 저택의 대문이 활짝 열렸다. 아무런 전갈 없이 급작스러운 방문이었지만, 란데르트 공작령에서 바율이 가지 못할 곳은 없었다.

"안으로 뫼시겠습니다."

기사 하나가 다급히 튀어나와 바율에게 허리를 깊이 숙여 예를 갖추더니, 곧 두 손으로 저택을 가리켰다. 예기치 못한 바율의 등장도 등장이지만, 사내는 무하를 보고 더 놀란 기색이었다. 하나 감히 그에 관해선 묻지 못했다.

"근데 바율, 어쩌다 따라오긴 했는데 말이지…… 나도 들어가도 되는 거야?"

"당연히 되고말고. 숙부님도 반겨 주실 거야."

"무서운 분은 아니시지?"

"리암 숙부가?"

바율은 순간 웃긴 말이라도 들은 것처럼 쿡쿡거렸다.

"내 기준에선 세상에서 제일 다정한 분이셔."

"아, 그래?"

바율이 그렇게까지 말한다면 다행이었다. 초대도 받지 않고 남의 집에 이렇게 함부로 온 걸 할아버지께서 아시기라도 하는 날엔 불벼락을 맞을지도 모른다. 일단 그런 위험에서는 한 보 멀어졌다는 생각에 에이단은 진심으로 안도했다.

"컹컹! 크르르릉!"

갑자기 재스퍼가 무섭게 짖기 시작한 것은 그때였다. 바율의 따뜻한 말에 한껏 기분이 고양되었던 녀석이, 느닷없이 천하의 원수라도 만난 양 몸을 낮게 숙인 채 으르렁거렸다.

무하를 대할 때와는 완전히 달랐다. 그땐 그저 경계하는 수준이었다면, 지금은 당장 달려들어 살점을 뜯고도 남을 기세였다.

"재스퍼, 진정해."

바율은 재스퍼의 목덜미를 부드럽게 주무르며 녀석이 노려보는 곳을 향해 입을 열었다.

"나오셔도 됩니다."

이미 진즉부터 기척을 느끼고 있었다. 과연 바율의 명에 저택의 기둥 뒤에서 익숙한 두 인영이 모습을 드러냈다.

"바율 도련님이 예까지는 어쩐 일이십니까?"

그들은 바율이 캐링스턴 아카데미에 입학했을 무렵, 조카의 안위가 걱정된 리암이 친히 딸려 보낸 호위 기사, 리자이, 리바이 형제였다.

둘은 캐링스턴에선 은밀하게 바율을 호위하다가 방학이 되면 고향으로 돌아와 본연의 업무를 하며 지내고 있었다.

"숙부님께서 오셨다기에 인사드리러 온 참입니다. 안에 계시죠?"

"예, 저희도 막 인사 올리고 나오는 길입니다."

"아, 그렇군요. 재스퍼, 그만 조용히 하라니까?"

멈추기는커녕 어째 갈수록 녀석의 짖는 소리가 커져만 갔다. 이러다간 리암 숙부를 뵙지도 못하고 돌아가야 할 판이었다.

"남의 집에서 이렇게 시끄럽게 떠들면 어떡해. 어?"

좀처럼 볼 수 없는 재스퍼의 모습에 바율이 난감해하던 순간, 그의 눈에 구원처럼 에이단이 들어왔다. 테이머인 녀석이라면 재스퍼를 충분히 진정시키고도 남을 것이다.

"에이단, 미안한데 잠시 재스퍼 좀 부탁해도 될까?"

"…어?"

"뭐가 그렇게 심통이 났는지 나 대신 좀 물어봐 줘. 숙부님에게 인사만 드리고 금방 다시 나올게. 괜찮지?"

"어, 어……."

"…에이단, 너 어디 아파? 안색이 안 좋은 것 같은데?"

서둘러 다녀와야지 하며 걸음을 옮기던 바율은 멈칫했다. 무슨 일인지 방금까지 헤실거리던 에이단의 얼굴이 밀가루라도 바른 듯 새하얘졌기 때문이다.

"왜 그래? 추워서 그래?"

아무래도 남부에서 자란 녀석에게 북부 도시인 해밀턴은 그저 추운 정도가 아니리라. 그래서 부러 두툼한 겉옷까지 챙겨 줬는데, 그걸로는 부족했던 모양이다.

"그래도 아직 이 정도면 그렇게까지 추운 날씨는 아닌데……."

재스퍼는 여전히 짖어 댔고, 에이단은 당장 기절해도 이상할 것 없는 표정이었다.

"안 되겠다. 숙부님을 뵙는 건 다음으로 미루고, 오늘은 그냥 돌아가야겠어. 가서 따뜻한 차라도 마시면……."

"아니야, 바율! 내가 재스퍼 돌보고 있을 테니까, 얼른 다녀와!"

"…그래도 괜찮겠어?"

"어, 그럼! 나 하나도 안 추워!"

에이단이 멀쩡하다는 듯 제자리 뛰기를 몇 번 하고는 몸을 숙여 재스퍼와 급히 눈을 맞췄다. 녀석이 뭐라고 한 건지는 모르겠지만, 덕분에 침까지 흘려 가며 미친 듯이 짖어 대던 재스퍼가 서서히 진정하는 게 보였다.

"고마워, 에이단. 그럼 다녀올게. 재스퍼, 얌전히 있어야 해."

바율은 재스퍼의 머리를 한 번 더 부드럽게 쓰다듬고는 저택 안으로 들어섰다. 그런 그의 뒷모습을 리자이, 리바이 형제의 시선이 조용히 뒤따랐다.

2.

똑똑.

노크 소리에 이어 문이 열리더니, 사내 한 명이 서재로

들어섰다. 짧은 갈색 머리칼에 드문드문 새치가 올라오기 시작한 그는 리암이 자리를 비운 동안 저택의 대소사를 관리해 온 집사 에든이었다.

"한동안 방해하지 말라 일렀거늘, 무슨 일이지?"

리암이 보고 있던 서류를 신경질적으로 내려놓으며 서늘한 눈매를 들었다. 집에 돌아온 지 사흘이나 지났지만, 아직 파악하지 못한 업무가 산더미처럼 쌓여 있었다.

"바율 도련님께서 찾아오셨습니다."

"…누가 찾아와?"

관자놀이를 꾹꾹 누르던 리암의 움직임이 일순 멎었다. 뜻밖의 방문에 의아함도 잠시, 곧 상황을 파악했다.

"아, 방학인가 보군."

"예, 주인님의 귀국 소식을 듣고 인사차 들르신 듯합니다."

"혼자 왔나?"

"그게…… 친구 한 분과 재스퍼, 그리고 일전엔 본 적 없는 거대한 검은 짐승과 함께이십니다."

"검은 짐승?"

"덩치를 보나 생김새로 보나 개는 아닌 것 같은데, 정확한 정체가 무엇인지까지는 소인도 파악하지 못했습니다. 친구분과 짐승들은 밖에서 대기 중입니다."

리암의 고개가 창가로 향했다. 눈발이 약해지긴 했어도 이런 날씨에 손님을 밖에 둔다는 건 말이 안 되었다.

"안으로 들이게."

"예, 주인님."

에든이 나가고도 리암은 한동안 창밖을 우두커니 응시했다. 표정이 없는 그의 얼굴은 상당히 예민하고 날카로운 인상을 주었다.

그러나 그가 응접실로 내려가 조카인 바율과 조우했을 땐, 언제 그랬냐는 듯 늘 보던 부드러운 미소를 띠고 있었다.

"바율."

저를 부르는 익숙한 음성에 바율은 반가운 기색으로 벌떡 일어섰다.

"작은아버지!"

거의 일 년 만의 만남이었다. 아버지의 유일한 형제이자, 제게는 하나뿐인 숙부였다. 다소 야위신 것 같긴 하나 건강한 숙부의 모습에 진한 안도감이 들었다.

"방학이라고 먼저 인사하러 온 게냐?"

리암이 바율에게 성큼 다가서며 품으로 끌어안았다. 그러곤 언제나처럼 다정하게 머리를 쓰다듬어 주었다.

"잘 왔다. 안 그래도 보고 싶었는데."

"그간 무탈하셨죠?"

"보면 모르겠느냐? 너무 잘 지내서 탈이지. 어디 보자. 우리 조카님은 그사이 어디가 변하셨나?"

리암이 바율의 어깨를 붙든 채 뒤로 한 발짝 물러나며 찬찬히 훑었다. 그러던 그의 눈이 뭔가를 발견한 듯 동그래졌다.

"그러고 보니 키가 부쩍 컸구나! 이제는 이 숙부와도 얼추 비슷해졌는걸?"

"저도 곧 열여덟이니까요."

해밀턴에 본격적인 추위가 몰아치는 시기가 되면, 바율은 꽉 채운 열여덟 살이 된다.

그날은 어머니의 기일이기도 했기에 바율은 작년까지만 해도 생일을 마음껏 즐겨 보지 못했다.

하지만 이제는 어머니가 정령계에 무사히 살아 계신다는 사실을 안다. 뿐인가. 철석같이 죽었다고 믿은 바일까지 세계수라는 새로운 모습으로 살아 숨 쉬고 있었다.

물론 그렇다고 새삼 화려하고 성대한 생일 파티를 원하는 건 아니었다. 다만, 더는 제 생일이 불편하게 느껴지지 않았다.

바율에게는 그것만으로도 큰 의의가 있었다.

"오, 하면 성인이 될 날도 머지않았구나!"

굉장한 사실을 깨달았다는 양 리암이 손뼉을 마주쳤다.

"필요한 게 있으면 뭐든 말해 보거라. 이 숙부가 선물할 테니."

"정말요? 뭐든지 다요?"

"그래! 어릴 적부터 늘 몸이 약해 걱정이었던 조카가 이렇게 건강하게 잘 자랐는데 뭔들 못 해 주겠느냐!"

바율을 자리에 앉히며 리암은 기대에 찬 눈빛으로 제 조카를 바라보았다.

바율 역시 그런 숙부의 기대에 부응하고 싶었으나, 안타깝게도 지금으로선 딱히 바라는 바가 없었다. 아니, 하나 있기야 했지만 그건 리암이 해결해 줄 수 없는 문제였다.

"나중에 말씀드릴게요. 지금은 아직 생각나는 게 없어서요."

"오냐, 그래. 그 말, 꼭 지켜야 한다? 다름 아닌 바율 네가 성인이 되는 중요한 날인데, 이 숙부가 그냥 지나칠 수야 없지. 암."

리암이 바율에게 다짐을 받아 내는 그때, 집사 에든이 나타났다.

"말씀하신 대로 모시고 왔습니다."

"에이단!"

그런 그의 뒤로 에이단과 재스퍼, 무하가 들어서고 있었다. 에이단 덕분인지 다행히 재스퍼는 진정한 상태였다.

"어서 와서 앉거라. 누군가 했더니, 레오네트 백작님의 손자였구나."

"처음 뵙겠습니다. 에이단 슈 레오네트라고 합니다."

리암의 환대에 에이단이 정중하게 인사한 후 바율의 옆자리에 앉았다. 녀석의 안색은 여전히 창백했지만, 따뜻한 실내로 들어왔으니 곧 나아지리라.

"에이단, 밖에서 기다리느라 추웠지? 괜히 재스퍼 때문에…… 미안해. 어서 차 좀 마셔."

"으응."

때마침 하녀가 차를 내왔다. 바율의 채근에 에이단은 급히 찻잔을 들고 차를 한 모금 삼켰다. 그런 녀석의 시선은 저절로 리암에게로 향했다.

"……!"

그러다 본의 아니게 상대와 눈길이 딱 마주쳤다. 몰래 훔쳐보다 걸린 게 뜨끔한 나머지 에이단은 흠칫 몸을 떨었다.

"앗!"

그 탓에 그만 찻물이 넘쳐흐르고 말았다.

"에이단, 조심해! 아직 뜨거워!"

바율은 깜짝 놀라 서둘러 손수건을 꺼내 에이단의 손을 감쌌다. 추운 날씨에 얼기라도 한 건가 싶어 순간 가슴이 덜컹했다.

"저런, 괜찮으냐?"

리암 역시 염려 가득한 목소리였다. 그러자 녀석이 허둥지둥 손수건을 걷어 내며 멀쩡한 피부를 보여 줬다.

"네, 네! 전 괜찮습니다."

"에이단, 설마 너…… 긴장한 거야?"

어딘지 어색한 친구의 태도가 그제야 바율의 눈에 들어왔다. 황태자를 눈앞에 두고서도 기죽지 않고 당당하던 녀석이거늘, 역시 추운 날씨 탓에 몸이 좋지 않은 건가?

"하하! 그러게. 오늘따라 왜 이렇게 떨리지?"

에이단은 부러 과장되게 웃으며 긴장을 떨쳐 보려 했으나 생각처럼 쉽지 않았다. 딴에는 머릿속이 복잡해서 그런 것이었지만, 그걸 지금 곧이곧대로 드러낼 상황은 아니었다.

"무리하긴 했지. 기차를 며칠 동안이나 타고 왔잖아."

일행이 굳이 잉그리드가 아닌 기차를 탄 이유는 온전히 라나사 때문이었다. 그녀가 자긴 혼자서라도 반드시 기차를 타고 갈 거라며 고집을 부리는 바람에 어쩔 수 없이 동행하게 된 것이다.

그땐 답지 않게 왜 그런 생떼를 쓰나 싶었는데, 해밀턴에 도착한 순간 친구들은 그 이유를 바로 알아차렸다. 라나사는 저를 마중 나올 부모님을 고대한 것이다.

그 덕에 기쁜 소식을 일찍 알았으니 그들로서도 딱히 불만은 없었다.

"그깟 기차 좀 탔다고 무리는. 그냥 네 숙부님을 처음 뵙는 자리라서 조금 긴장했을 뿐이야. 걱정하지 마."

"바율, 혹시 이 숙부의 얼굴이 무섭게 생겼느냐?"

에이단의 긴장을 풀어 주기 위해선지 리암이 웃으며 농담조로 물었다. 그에 바율이 손을 휘저으며 아니라고 대꾸하자, 그가 그럴 줄 알았다는 듯 여유롭게 덧붙였다.

"그렇지? 내가 어디 가서 잘생겼다는 소리는 들어 봤어도, 무섭다는 말은 도통 들어 본 적이 없어요. 뭐, 레오네트 백작님은 어찌 생각하실지 모르겠지만 말이다."

"…할아버님도 그리 여기실 겁니다."

"그래?"

"결례를 범해 죄송합니다."

"찻물 좀 흘린 것 가지고 결례라니. 난장판을 만들어도 괜찮으니 편히 있거라."

"감사합니다."

바율에게 듣던 대로 리암은 다정한 숙부 같았다. 시종일관 온화한 미소를 입가에 드리운 채 저를 보는 그의 모습은 어디 한군데 흠잡을 데 없이 완벽하리만치 따뜻했다.

자상함의 표본을 마주한 느낌이랄까.

'어쩌면…… 아무 관련이 없을지도 몰라.'

확실치는 않으나 에이단은 그러기를 진심으로 바랐다. 바율을 위해서라도, 공작 전하를 위해서라도 꼭 그래야만 했다.

"그럼 이제 이쪽을 소개해 주겠느냐?"

기실 리암은 아까부터 무하의 존재가 궁금했다. 바율이 앉은 소파 옆에서 얌전히 대기하고 있는 녀석의 정체가 뭔지, 그로서는 도무지 짐작조차 할 수 없었다.

그런 녀석에 반해 재스퍼는 바율의 다리 밑에서 마치 제 집인 양 엎드려 있었는데, 그러면서도 두 귀만은 쫑긋 세우고 있었다.

"아, 무하라고 해요. 이번에 망각의 지대에 갔다가 만난 녀석이죠."

"망각의 지대를 다녀왔느냐?"

"아버지께 아무 말씀 못 들으셨어요?"

"아직 뵙지도 못하였다. 뭐가 그리 바쁘신지, 얼굴 볼 새가 없구나."

"입궁하시기 전에 영지 순방을 떠나신 듯해요. 곧 돌아오실 겁니다."

"네 아버지는 먼 타지에서 고생하는 동생이 걱정도 안되시는 모양이다. 그래도 하나뿐인 동생인데 말이지."

"그렇지 않다는 거 숙부님이 더 잘 아시잖아요. 당신 때문에 고초가 많다면서 늘 마음 쓰시는걸요."

숙부의 불퉁한 발언에 바율이 달래듯 답하자 그제야 리암이 피식 웃으며 말했다.

"그거라도 아니 다행이구나."

"드와이어트 제국에서 별일은 없으셨죠?"

"별일이야 어디든 항상 있는 법이지. 하나 이 숙부가 누구냐? 네 아버지도 인정한 해결사인 거, 설마 모르진 않겠지?"

"그럼요. 아주 잘 알죠."

부드러운 카리스마로 도당의 귀족들을 휘어잡는 숙부의 능력에 대해선 어려서부터 종종 들어 왔다. 아버지도 그런 숙부가 계시기에 믿고 맡긴 채 다른 국정 업무를 편히 보실 수 있다고 하셨다.

"참, 릴리스 누나는 요즘 어때요? 결혼하고는 통 못 봐서 궁금하네요. 황태자 전하 약혼식엔 참석할까요?"

"안 그래도 내가 부를 참이었다. 그렇게라도 딸내미 얼굴 좀 봐야지."

"헤에, 잘됐네요."

릴리스를 시작으로 바율과 리암 간에 그간 하지 못했던 여러 얘기가 오갔다. 그 옆에서 묵묵히 둘의 모습을 지켜보던 에이단이 입을 연 것은 서쪽 창가로 해가 기울어질 무렵이었다. 어느덧 눈은 완전히 멎어 있었다.

"바율, 더 컴컴해지기 전에 가야 하지 않겠어? 다들 식사도 안 하고 기다릴 것 같은데."

"아, 맞다. 그러기로 했었지."

"에든에게 너희 식사까지 차리라고 미리 일렀거늘, 가 봐야 하는 게냐?"

"네, 작은아버지. 부러 신경 써 주셨는데 죄송해요. 본성에 다른 친구도 함께 왔거든요."

"다른 친구?"

"그 친구도 조만간 곧 소개해 드릴게요."

알레그리아가 천족이란 사실은 아직 최측근만 아는 사항이었다. 리암에게 일부러 숨길 필요는 없었지만, 그에 관해 한번 말을 꺼내면 얘기가 한참 길어질 터였다.

모든 이야기는 아버지가 오시면 그때 하는 편이 나았다.

"오늘은 이만 가 보겠습니다. 숙모님께도 안부 전해 주시고요."

"그래. 조심히 가거라. 에이단, 너도."

"다음에 또 뵙겠습니다."

언질이 있었는지, 현관을 나서자 마차가 대기하고 있었다. 무슨 까닭인지 잠시 주위를 힐긋거리던 에이단은 황급히 마차에 오르며 참았던 숨을 내쉬었다.

"휴우! 이제야 살 것 같네!"

"에이단, 오늘 너 좀 이상하다?"

붙임성 좋기로 소문난 녀석이 몇 마디 말도 하지 않고 침묵을 유지한 것도 그렇지만, 낯빛 또한 여태 굳어 있다는 게 바율은 영 찜찜했다.

"이러다 진짜 감기라도 걸리는 거 아니야? 이리 와 봐. 열 있나 보게."

"나 괜찮다니까. 그리고 만약 감기에 걸린다 쳐도, 이노센트가 있는데 무슨 걱정이냐? 녀석이 고쳐 줄 텐데."

"맞다. 또 깜박했네."

"그보다 나 묻고 싶은 게 있는데 말이지."

돌연 에이단이 몸을 숙이고는 은밀하게 속삭였다.

"아까 현관에서 마주쳤던 그 두 사람, 누구야?"

"두 사람?"

"어, 재스퍼가 보고 막 짖어 댔던 사람들 있잖아."

"아. 리자이, 리바이 형제 말하는 거구나. 캐링스턴에 입학할 때, 숙부님이 은밀하게 붙여 주신 호위 기사야. 눈에 안 띄게 호위해서 아마 넌 본 적 없을 거야."

"…네 호위 기사라고?"

"응. 근데 그건 왜 물어?"

바율도 기척만 느낄 뿐이지, 얼굴을 마주한 건 몇 번 되지 않았다. 원래 암살과 은신이 특기라고 했으니 그럴 만도 하지만, 처음엔 제가 모르는 곳에서 누군가 자신을 지켜보고 있다는 사실이 꽤 거북했던 기억이 난다.

"에이단?"

물어볼 때는 언제고, 답을 듣자마자 에이단은 얼이 나간 듯 멍한 표정으로 입을 다물었다.

"너 진짜 괜찮은 거 맞아?"

바율이 손을 뻗어 녀석의 이마를 짚어 보았지만, 열은 전혀 나지 않았다.

"뭔데 그래. 말 안 할 거야?"

이후로도 바율이 몇 번이나 닦달했으나, 무슨 생각을 그리 골똘히 하는 건지 에이단은 끝까지 침묵을 택했다. 결국 바율은 때가 되면 말하겠지 하며 자포자기할 수밖에 없었다.

Chapter 2.
두통

1.

"바율! 로건!"

강물에 빠진 채 허우적거리고 있는 바율과 로건의 모습을 본 순간, 에이단은 가슴이 철렁했다. 당장 뛰어 들어가 녀석들을 구하고 싶었지만, 마음과 달리 몸뚱이는 불안하게 강둑 위를 서성거리며 소리만 질러 댔다.

"조금만 버텨!"

에이단이 안절부절못하는 그때, 숲 안쪽에서 웬 소년이 튀어나와 강물 속으로 풍덩 몸을 던졌다.

누구?

재빨리 소리가 난 방향을 향해 고개를 돌렸으나, 물살에 가려진 탓에 얼굴이 제대로 보이지가 않았다.

소년은 물고기처럼 헤엄을 아주 잘 쳤다. 빠르게 바율에게 다가간 소년은 나이답지 않은 능숙한 솜씨로 녀석을 뭍으로 데려왔다.

"혀엉, 로건이……!"

바율이 겨우 숨을 몰아쉬며 입을 뗀 순간, 에이단은 그제야 소년의 정체를 알아차렸다. 그는 바로 바율의 쌍둥이 형 바일이었다.

"지금 구하러 갈 거야. 바율, 정신 차려!"

거친 호흡, 일그러진 미간, 힘겹게 움직이는 육체.

에이단의 눈에 바일은 이미 체력이 한계치에 다다라 있었다. 그럼에도 그는 로건을 구하는 일에 주저함이 없었다.

뭐라도 하고 싶은 마음이야 굴뚝같았으나, 에이단은 돕고 싶어도 도울 수가 없었다. 그저 이리저리 왔다 갔다 하며 무력하게 지켜보는 것만이 현재 그가 할 수 있는 전부였다.

"헉헉, 로건! 너 괜찮지?"

다행스럽게도 바일은 결국 로건까지 안전한 땅 위로 올리는 데 성공했다. 안도의 숨을 몰아쉬는 녀석을 보고 나서야 에이단도 그나마 진정할 수 있었다.

하지만 여유는 아주 잠깐이었다.

밭은 숨을 삼키며 바율과 로건의 안위를 확인하던 바일의 몸이 별안간 휘청인 것이다. 물 밖으로 나오지 않고 바위에 걸쳐 서 있던 게 화근이었다. 그가 순식간에 미끄러지며 물속으로 사라졌다.

"형!"

"바, 바일!"

부지불식간에 벌어진 일이었다. 에이단은 비명을 지르며 쓰러지는 바율을 뒤로하고, 강물을 따라 미친 듯이 바일을 쫓았다.

"힘을 내, 바일!"

물살에 속절없이 떠내려가는 바일의 이름을 목청껏 불러 보았으나, 제 소리가 그에게 들리는지까지는 확인할 길이 없었다.

"제발!"

바일에게 온 정신을 집중하며 달리느라 앞의 장애물을 미처 발견하지 못했다.

"악!"

에이단은 몇 번이고 땅을 구르며 여기저기 상처를 입었다.

그러나 굴하지 않고 계속 뛰었다.

"바일! 바일!"

목이 찢어질 것 같은 기세로 녀석을 부르고 또 불렀다. 부디 그가 마법처럼 물살을 이겨 내고 뭍으로 올라오기를 바라면서.

그런 에이단의 바람 때문이었을까.

"바일!"

하염없이 강물에 휩쓸려 떠밀려 가던 바일이 어느 순간 움직임을 멈추었다. 물속에 가려져 잘은 보이지 않았지만, 수중에 돋아난 나무뿌리 같은 것을 운 좋게 붙잡은 듯했다.

"잘했어! 조금만 더 힘을 내!"

에이단은 발을 동동 구르며 응원했다. 바일이 점점 지면과 가까워질수록, 녀석의 심장 역시 터져 나갈 것처럼 쿵쾅거렸다.

바스락.

그런 그의 귀에 별안간 낯선 기척이 느껴졌다. 전신의 신경이 모두 바일에게 쏠려 있었지만, 청력만큼은 살아 있었다.

"누구냐!"

대낮이었으나 울창한 숲속이었다. 나무 그늘 저편에서 수상한 냄새가 코를 찔렀다.

"비겁하게 숨지 말고 당장 나와!"

에이단의 외침에 알겠다는 양 누군가 걸어 나왔다.

'이자들은⋯⋯!'

상대는 둘이었다. 그리고 놀랍게도 에이단도 그 정체를 알고 있는 사람들이었다.

"어린놈이 꽤 당돌하군."

"제 주인이다, 그건가."

서로를 돌아보며 킥킥대는 그들은 바율이 본인의 호위 기사라고 소개했던 리자이, 리바이 형제였다. 둘 중 누가 리자이인지, 리바이인지 분간할 수는 없었다.

"당신들이 여기 왜⋯⋯!"

당황한 에이단이 무어라 말을 하기도 전, 커다란 발이 먼저 날아왔다.

퍼억!

마나가 실린 발길질이었다. 정확히 배를 가격당한 에이단은 비명 한번 지르지 못한 채 공중으로 치솟았다가, 그대로 바닥에 떨어져 널브러졌다. 단 한 번의 발길질이었지만, 에이단은 정신이 아득해지는 걸 느꼈다.

의식을 잃기 전 그가 마지막으로 본 것은, 가까스로 뭍으로 올라온 바일을 매몰차게 강 속으로 다시 밀어 넣는 형제의 발이었다.

"안 돼애애애!"

에이단은 고함을 지르며 벌떡 일어났다.

"삐욕!"

옆에서 곤히 자고 있던 잉그리드가 덩달아 깜짝 놀라 깨서는 녀석의 어깨로 파드닥 날아왔다.

"하아……."

에이단은 거친 숨을 내쉬며 주변을 휘둘러보았다. 갈피를 잃고 이리저리 흔들리던 그의 눈빛이 그제야 서서히 안정을 되찾아 갔다.

여긴 숲이 아니었다. 닫힌 창문 너머로 희미한 달빛이 새어 들어왔다.

자신이 꿈에서 깨어났다는 사실을 뒤늦게 자각한 에이단은 입술을 깨물며 손등으로 이마를 훔쳤다.

악몽 탓인지 온몸이 끈적끈적한 땀으로 젖어 있었다. 이불을 걷어 내고 침대 밑으로 내려선 에이단은 탁자로 다가가 물부터 벌컥벌컥 들이켰다.

몇 시지?

코트 주머니에서 시계를 꺼내 확인해 보니, 아직 자정도 되지 않은 시각이었다. 저녁을 먹자마자 피곤함을 핑계로 손님방으로 올라온 게 마지막 기억이었다. 아마도 그러다 깜박 잠이 들었던 모양이다.

"그래도 꿈까지 꿀 줄은 몰랐는데……."

낮에 재스퍼에게 들은 충격적인 사실이 고스란히 꿈으로 재현되자 에이단은 재차 소름이 돋았다. 그는 바율이 숙부를 찾아갔을 때, 미친 듯 울부짖던 녀석 덕에 이제껏 누구도 몰랐던 진상을 알고 말았다.

조금 전 꿈속에서 그는 재스퍼가 되어 있었다. 녀석의 시선으로 문제의 그 날이 재생되었고, 무척이나 생생하게 장면 하나하나를 목도해야만 했다.

"리자이, 리바이."

형제의 이름을 나지막이 읊는 에이단의 양손이 절로 움켜쥐어졌다.

바일은 살 수 있었다. 아니, 살았었다.

물살에 한참이나 더 떠내려갔지만, 끝끝내 포기하지 않은 덕에 땅으로 올라서는 데 성공했다. 한데 그런 그의 노력을 허망하게 짓밟은 게 바로 리자이, 리바이 형제였다.

바율의 숙부인 리암이 손수 조카의 호위 기사로 보내 주었다는 그들.

그래서 에이단은 함부로 진실을 말할 수가 없었다.

바일의 죽음은 바율에겐 역린과도 같았다. 3년 전까지만 해도 자신이 형을 죽였다는 죄책감 때문에 고통 속에서 살던 녀석이다.

이후 모든 게 로건의 거짓말이었다는 것을 알고 한결 나아지긴 했지만, 여전히 녀석은 그날 제가 강물에 들어간 사실을 후회하고 있었다.

한데 진정한 진실은 엄한 데 숨어 있었다.

겨우 뭍으로 올라온 공작가의 후계자를, 작은아버지의 수하가 떠밀었다. 응당 구해야 할 상대를 비정하게 죽음으로 내민 것이다.

왜, 대체 무슨 이유로?

이건 저들의 단독적인 범행일까?

아니면 설마 바율의 숙부님과도 관계가 있는 걸까?

낮에 제가 보았던 그의 자상하고도 다정한 면모는 전부 가면이었을까?

혹시 바일 다음으로 바율까지 없애고 나서 그가 공작가를 물려받을 속셈인 걸까?

몰아치는 불안한 상상에 에이단은 머리가 터질 것만 같았다. 무엇도 확신할 수 없는 상황에서 무턱대고 자신이 아는 바를 털어놓았다간 어떤 사태가 벌어질지 짐작할 수조차 없었다.

결코 단순한 사안이 아니었다.

리자이, 리바이 형제의 단독 범행이든 아니든, 이 사건은 엄청난 후폭풍을 불러일으킬 게 뻔했다.

희생자는 바일이었다.

제국의 살아 있는 전설이라 불리는 란데르트 공작의 장남이자, 위대한 첫 번째 정령사라 일컬어지는 바율의 형.

그런 존재를 죽음으로 몬 게 가족, 그것도 하나뿐인 숙부가 될 수도 있는 상황이었다.

"차라리 몰랐다면……!"

너무나 엄청난 사실에 에이단은 후회마저 들었다. 괜히 무하를 따라오는 게 아니었는데, 하는 생각이 답지 않게 계속 머릿속을 맴돌았다. 그만큼 드러난 진실이 너무 끔찍했다.

"삐욕! 삐욕!"

에이단의 고통이 전해진 듯, 잉그리드가 걱정스러운 울음을 발했다. 기실 이처럼 괴로워하는 에이단의 모습은 처음이었기에 잉그리드는 어찌할 바를 몰랐다.

"잉그리드……."

에이단은 그런 잉그리드를 품에 꼭 안으며 눈을 감았다. 속 시원히 제가 처한 상황을 털어놓고 의견을 구할 상대라도 있으면 좋으련만, 그의 곁엔 잉그리드뿐이었다. 녀석의 따스한 체온이 그나마 불안한 마음을 달래 주는 게 다행이었다.

2.

"에이단 도련님, 이제 그만 일어나세요."

해가 뜨고 나서야 겨우 다시 잠들었던 에이단은 익숙한 목소리에 눈꺼풀을 힘겹게 떴다.

"…리타?"

"엄청 피곤하셨나 봐요. 어제도 그렇게 일찍 올라가 쉬시더니, 이제까지 주무시고."

"지금 몇 신데?"

"열두 시요. 그대로 뒀다간 점심까지 거르실 것 같아서 제가 실례를 무릅쓰고 들어왔어요."

"이런, 첫날부터 내가 너무 게으름을 피웠네."

나름의 이유야 있었지만, 어쨌든 남의 집에 와서 해가 중천에 뜰 때까지 침실을 차지하고 있는 것은 엄연한 실례였다.

에이단이 일어나자 리타가 유리컵을 건넸다.

"이거 먼저 드세요."

"…뭔데?"

"몸에 좋은 거예요."

행여 에이단이 거절할까 봐 리타는 에둘러 말하며 이불 정리에 들어갔다.

"바율 도련님은 재스퍼와 산책 중이세요. 깨어나시면 알려 드리라고 했는데, 가실 건가요?"

"…아니."

아직은 바율을 만날 준비가 안 되었다. 오늘은 아마 어제보다 더 표정 관리가 안 될 것이다. 그러면 바율은 분명 그런 저를 이상하게 여길 테고, 그러다 사실을 있는 대로 말하기라도 하면 무슨 일이 벌어질지…… 생각하고 싶지 않았다.

다만 리자이, 리바이 형제나 녀석의 숙부에 대해 자세히 아는 누군가가 있다면 꼭 먼저 물어보고 싶은 게 있었다.

"음, 그럼 식사부터 하시겠어요? 그것도 아니면, 목욕물부터 받아 드릴까요? 참, 오늘 저녁엔 영주님께서 도착하신대요. 리암 님과 만월 기사단 분들도 전부 저녁 식사에 참석하실 테니 성대한 자리가 될 것 같아요. 에이단 도련님도 당연히 함께하실 거죠?"

침대 정리를 마친 리타가 환하게 웃으며 에이단을 돌아보았다.

'아, 그러고 보니……!'

리타가 준 음료를 마시고 난 후 지끈거리는 관자놀이를 누르고 있던 차였다. 에이단은 리타와 눈길이 마주친 순간, 바보 같은 자신을 책망했다.

왜 바로 떠올리지 못했을까?

태어난 순간부터 줄곧 바율 곁에 있었던 아이.

"리타."

"네?"

에이단이 답은 않고 뜬금없이 제 이름을 부르자 리타의 눈동자가 동그래졌다.

"리암 님은 어떤 분이야?"

"…리암 님이요?"

"응, 넌 어려서부터 많이 봤을 거 아니야."

"당연히 많이 봤죠."

갑자기 이런 걸 묻는 에이단의 저의가 이상했지만, 리타는 생각나는 대로 답했다.

"리암 님은 굉장히 자상하세요. 영주님도 당연히 좋으신 분이지만, 조금 무뚝뚝하신 면이 있잖아요? 그에 반해 리암 님은 전혀 그렇지 않으세요. 언제나 잘 웃으시고, 성내 식구들을 편안하게 해 주시죠."

"그리고?"

"그리고……."

무슨 말을 또 해야 하나 리타가 고심하는 찰나였다.

"그건 네가 왜 묻는데?"

열린 방문 너머로 까칠한 음색이 흘러들어 왔다.

"퀸?"

에이단은 하마터면 눈물이라도 흘릴 뻔했다. 몸을 휙 돌리자 특유의 서늘한 표정을 한 퀸이 저를 보고 있었다. 저 차가운 면상이 이렇게 반가울 줄이야!

"퀴인!"

"뭐, 뭐야?"

에이단이 당장 울 것만 같은 얼굴로 저를 향해 달려오자, 퀸은 반사적으로 뒷걸음질 쳤다.

예감이 좋지 않았다. 저대로라면 녀석이 제 품에 안길 것만 같았기 때문이다.

"내가 진짜 얼마나 힘들었는지 너는 모를 거다!"

불길한 예감은 역시나 틀리는 법이 없다. 그의 허리를 꽉 끌어안은 채 중얼거리는 에이단의 머리통을 내려다보며 퀸은 순간 아무 말도 하지 못했다.

징그러우니 어서 떨어지란 말이 목구멍까지 올라왔지만, 그럴 수 없었다. 녀석이 답지 않게 떨고 있었기 때문이다.

극심한 스트레스에 시달렸던 게 그제야 좀 진정이 되는 탓이었지만, 지금의 퀸으로선 거기까지 알 까닭이 없었다.

3.

"이제 얘기해 봐. 무슨 일인데 그래?"

에이단을 품에서 떼어 내는 데 무려 십여 분이나 걸렸다. 도대체 녀석에게 어떤 시련이 있었기에 저를 붙들고 이 난리인 건지, 퀸 딴에는 없던 궁금증마저 생길 지경이었다.

"내 얘기 들으면 너도 머리가 터질지 몰라."

때마침 등장한 퀸을 보고 순간 안도하긴 했지만, 그것도 아주 잠시였을 뿐이다. 의자에 털썩 주저앉는 에이단에게선 또다시 긴 한숨이 새어 나왔다.

"네 머리도 아직은 안 터졌어. 그러니 말해 봐. 뭔데?"

"그게 말이지⋯⋯."

어디서부터 말해야 하나 고심하며 시선을 들 때였다. 그런 에이단의 눈에 저를 똘망똘망 바라보고 있는 리타가 들어왔다.

"아, 리타⋯⋯ 미안하지만, 우리끼리 대화 좀 하게 나가 줄 수 있을까? 개인적인 사안이라서."

녀석이 있는 데서 할 만한 이야기는 아니었다. 에이단이 어색하게 웃으며 부탁하자 리타가 고개를 끄덕이며 말했다.

"네, 당연히 그래야죠. 그런데⋯⋯ 괜찮으신 거 맞으세요?"

"어?"

"에이단 도련님 말이에요. 어제부터 느낀 건데, 안색이 너무 안 좋으세요."

사실 그래서 부러 건강 음료를 챙겨서 올라온 것이었다. 어제는 단순히 장기 이동으로 피로가 누적된 탓에 그런가 싶었는데, 조금 전 상황으로 봐선 아무래도 다른 문제가 있는 게 분명했다.

"음…… 안 되겠어요. 우선 똑바로 앉아 보세요."

무언가 결심한 듯 리타가 에이단에게로 불쑥 다가왔다.

"손은 이렇게 앞에 두시고요. 눈은 감으세요."

그녀의 돌발 행동에 당황한 나머지, 에이단은 얼결에 시키는 대로 순순히 따라 했다. 다행이라면 다행히 리타의 의도는 금방 드러났다.

"그럼 기도할게요."

녀석이 앉은 에이단의 머리에 손을 얹은 채 기도에 들어간 것이다.

지난 일에 온 신경이 가 있었던 터라 그만 깜박 잊고 있었다. 리타는 현재 제국을 넘어 대륙에까지 명성을 떨치고 있는, 절망의 신전의 하나뿐인 성녀였다.

기도 한 번으로 다 죽어 가는 환자도 멀쩡히 걷게 만든 그녀의 일화는 유명했다. 심지어 거기에 과장이 조금씩 보태고 보태져서 죽은 이도 살려 낸다는 말이 공공연히 나돌 정도였다.

참고로 녀석은 성녀 일을 시작할 때부터 바율이 캐링스턴에서 수업을 받는 학기 중, 그것도 평일에만 성녀로서 일하겠다고 못을 박아 둔 상태였다. 본인에게 가장 중요한 건 어디까지나 도련님을 모시는 일이니 이해 부탁한다는 말과 함께 말이다.

신전 측 입장에선 결코 받아들일 수 없는 사안이었지만, 절대적인 능력을 가진 그녀의 발언을 감히 거역할 수도 없었다.

해서 지금도 이렇게 해밀턴에 와 있는 것이었다.

"……!"

기도가 시작된 지 얼마 지나지 않아 에이단은 기이한 기분에 휩싸였다.

이걸 뭐라고 표현해야 할까?

찌릿하다?

시원하다?

으스스하다?

머리를 시작으로 발끝까지 퍼져 나간 청량한 기운은 방향을 바꿔 발끝에서부터 머리로 재차 올라갔다.

"좀 어떠세요?"

리타가 두어 걸음 뒤로 물러나며 에이단의 상태를 살폈

다. 그녀의 눈에 안색은 확실히 나아져 보였다.

"후아……."

에이단은 숨을 길게 내뱉으며 감았던 눈을 떴다.

"리타…… 너 굉장하구나?"

"예?"

"나 방금까지 머리가 지끈지끈하니 진짜 말도 못 하게 아팠거든? 근데, 그 두통이 거짓말처럼 싹 사라졌어!"

이제껏 살면서 받아 본 여느 신성력 치료와는 차원이 달랐다.

"그거뿐만이 아니야! 몸이 날아갈 것처럼 가벼워! 지금 같아선 누구랑 붙어도 다 이길 수 있을 것 같아!"

리타의 치료는 육체적 회복을 뛰어넘어 정신까지 맑게 해 주는 효능이 있었다.

"나, 앞으로도 종종 부탁해도 될까?"

"네, 그럼요! 도련님 친구분이신데 당연히 해 드려야죠."

줄곧 인상을 쓰고 있던 에이단이 기뻐하자 리타도 기분이 한결 나아졌다.

"에이단이 어제부터 몸이 안 좋은 것 같아. 오늘은 어떨지 모르겠네."

재스퍼와 무하를 데리고 산책에 나서기 전, 에이단을 걱정하던 도련님의 모습이 언뜻 떠올랐다.

'이제 괜찮아지신 듯하니 도련님도 기뻐하시겠지!'

오랜만에 본성에 돌아오신 만큼, 마음 편히 지내다 가실 수 있도록 리타는 최선을 다할 각오였다.

"저는 이만 나가 볼게요. 두 분 편히 말씀 나누세요."

찰칵.

조용히 문이 닫히고, 리타의 발걸음 소리가 점차 멀어져 갔다. 그걸 기다렸다는 듯 퀸이 다리를 꼬고 앉아 에이단을 향해 턱짓했다.

"말해."

"······."

"야, 말하라니까?"

퀸의 말이 들리지 않는지 에이단은 여전히 놀라워하며 제 몸을 더듬기 바빴다. 좀 전까지만 해도 당장 죽을 것처럼 힘들어하더니, 리타의 치료 한 번에 새사람이 된 양 굴었다.

"너, 솔직히 말해 봐. 별거 아니지?"

"별거 맞거든?"

퀸의 차가운 말본새에 눈을 흘기던 에이단의 표정은 금세 다시 어두워졌다. 분명 두통은 없어졌지만, 리타가 나가고 나자 언제 그랬냐는 듯 현실 감각이 돌아왔다.

이럴 줄 알았으면 기억이라도 지워 달라고 할 걸 그랬나. 가능하다면 말이다.

"퀸, 너는 어땠어?"

"뭐가?"

"네 죽은 숙부 말이야."

"…내 숙부라면, 바쉐론?"

지난여름까지만 해도 퀸을 가장 괴롭히던 상대였다. 그로부터 고작 몇 개월이 흘렀을 뿐이거늘, 퀸은 이상하게도 그게 아주 먼 과거의 일처럼 느껴졌다. 아마도 기대조차 하지 못했던 일들이 동화처럼 한꺼번에 벌어졌기 때문이리라.

"그 작자는 갑자기 왜?"

"네 숙부가 처음부터 나쁘게 굴지는 않았다면서."

"그랬지."

"그럼, 너도 그 옛날엔 숙부를 좋아했었어?"

"…그게 중요해?"

"어, 엄청!"

퀸의 눈매가 가늘어졌다. 이 녀석이 갑자기 왜 이딴 걸 묻는 거지, 하는 의심의 눈초리였다.

"기분이 어땠어? 상처 많이 받았지? 그치?"

"……"

"남도 아니고, 가족이잖아. 거기에 달리아 꼬리까지 그렇게 만들고…… 물론 지금은 다시 생겼지만. 어쨌든 굉장히 고통스러웠을 것 같아. 죽고 싶을 만큼."

하물며 바율은 형이 죽었다. 그것도 한 몸이나 마찬가지였던 쌍둥이 형이.

녀석은 그 죽음과 관련한 진실을 감당할 수 있을까?

다 지난 일을 다시 들춰내서 괜히 긁어 부스럼을 만드는 건 아닐까?

'으으, 미칠 것 같아!'

또다시 밀려드는 상념에 에이단은 머리를 부여잡고 무릎 사이에 얼굴을 파묻었다.

그때였다.

"바율 숙부님이 무슨 짓을 저지르시기라도 했어?"

"…뭐?"

불시에 들려온 퀸의 질문에 에이단의 몸이 석상이라도 된 듯 굳었다. 천천히 고개를 든 녀석의 표정은 마치 어떻게 알았냐는 듯한 기색이었다.

"리타한테도 그에 관해 묻고 있었잖아."

"아…….."

"거기에 갑자기 바쉐론 그자까지 들먹이는 걸 보면 뻔하지."

자세한 내막은 더 들어 봐야 알겠지만, 퀸은 어렵지 않게 상황을 파악했다.

바율의 숙부인 리암이, 해서는 안 되는 무언가를 하였다. 그걸 현재 바율은 모르고 있고, 에이단이 알게 된 것이다. 말을 꺼내기도 전에 상처받을 바율부터 걱정하는 걸 보면 보통 사건은 아니니라.

"이제 털어놔 봐."

"……."

"계속 그렇게 혼자 끙끙댈 거야? 이러다 바율 돌아오면 그때 말할래?"

"아니! 그건 절대 안 돼!"

에이단은 아직 그럴 마음의 준비가 되지 않았다. 반드시 얘기는 해야 하겠지만, 적어도 그 시기가 지금은 아니었다.

"그러니까 나한테 먼저 말하라는 거잖아. 너답지 않게 왜 이렇게 뜸을 들여? 왜, 바율의 숙부님이 누굴 죽이기라도 했어?"

"헙!"

답답함에 약간 짜증스럽게 말을 뱉던 퀸은 저도 모르게 멈칫했다. 그냥 아무렇게나 나오는 대로 지껄인 것인데, 어쩐지 에이단의 반응이 심상치 않았다.

"…뭐야. 설마 진짜야?"

"……."

"누구를 죽였는데?"

당장 떠오르는 인물이 없었다. 바율이 상처를 입을 정도면 녀석과 가까운 사람일 텐데, 아무리 생각해도 그럴 만한 존재가 없었다.

녀석의 아버지인 란데르트 공작은 누구도 감히 그럴 마음조차 품질 못할 정도로 강하다. 리타는 조금 전 멀쩡히 살아 있는 것을 보았으니 당연히 아니고, 마족들도 공작과 같은 이유로 그러기란 불가능했다.

이번에 새로 합류한 알레그리아도 떠올랐지만, 그녀는 이미 조금 전 아래층에서 인사를 나누었다. 그 과정에서 그녀는 무하가 바율이 재스퍼와 함께 산책하는 데 따라갔다고 말해 주었다.

"아 씨, 너 진짜 입 안 열 거냐? 며칠 못 본 사이에 왜 이렇게 겁쟁이가 됐어?"

계속되는 추궁에도 에이단이 말을 꺼내지 않자 퀸은 갑갑하다 못해 꼭지가 돌 지경이었다. 그러다 약간의 의문이 생겼다.

"근데, 그건 어떻게 안 건데? 어제 도착했다면서. 그런 걸 알 새가 있었어?"

"…들었어."

"듣다니? 누구한테?"

"…재스퍼."

"재스퍼?"

정작 중요한 얘기는 벙긋 안 하면서, 이런 건 잘도 답한다. 테이머인 녀석이니 충분히 가능한 이야기였다. 하지만 정보를 준 당사자가 재스퍼라는 건 좀 다른 문제였다.

"확실한 거냐? 재스퍼의 말만으로 믿을 수 있는 거야?"

"지금 내 능력 의심해?"

"네 능력이야 인정하지. 재스퍼가 제대로 목격을 한 건지 어쩐 건지, 난 그걸 말하는 거야."

"녀석은 똑똑히 봤어! 나한테 그날의 장면이 생생하게 전달되었다고!"

"착각일 수도 있잖아. 일단 녀석은 동물이고 인간보다 지능이 낮은……."

"지능? 넌 재스퍼가 얼마나 똑똑한지 짐작도 못 할걸? 녀석은 무려 성견도 되기 전에 일어났던 일을 분명히 기억하고 있어. 범인을 알아보고 녀석이 짖어 대지 않았다면 나도 몰랐을 거야!"

"…성견이 되기 전?"

"그래! 사 년이나 지났지만, 재스퍼는 다 기억하고 있다고!"

"에이단, 그거 설마……."

퀸의 얼굴이 서서히 하얗게 질려 갔다.

재스퍼가 아직 새끼일 무렵, 이 본성에서 일어났던 바율 주변인의 죽음이라면 퀸은 하나밖에 알지 못했다. 공교롭게도 그 사건이 벌어졌던 장소엔 재스퍼도 함께 있었다고 들었다.

"…아니지?"

바율의 쌍둥이 형, 바일.

그는 분명 바율과 로건을 구하고 강에 빠져 죽었다. 애초에 '범인' 같은 게 존재할 리가 없었다.

하지만 어째서일까.

퀸의 추측이 맞는다는 양 에이단의 초록색 눈동자가 무섭게 흔들렸다.

"이거 내 억측이지? 그렇지?"

이제야 에이단의 모든 행동이 비로소 이해가 갔다. 녀석이 차마 모든 진실을 알면서도 쉬이 말하지 못한 이유.

퀸의 손이 이마를 짚었다. 녀석의 말처럼 그의 머리 역시 터질 듯 쿡쿡 쑤셔 왔다.

Chapter 3.
의심

1.

시간이 얼마나 지났을까.

에이단이 모든 얘기를 털어놓은 후, 둘은 말하는 법을 잊기라도 한 양 한동안 침묵한 채 멍하니 앉아만 있었다. 그러다 어느 순간, 거의 동시에 움찔거리며 고개를 번쩍 들었다.

"바율이야."

"어, 어……."

퀸의 예민한 감각에 본성과 가까워지고 있는 바율이 느껴졌다. 테이밍 능력이 향상된 에이단 또한 인근의 동물들을 통해 바율의 위치를 어렵지 않게 알아챌 수 있었다.

"어떡하지?"

에이단이 벌떡 일어나더니 초조한 낯빛으로 이리저리 왔다 갔다 했다. 바율을 어떻게 대해야 할지 아직 아무 결정도 내리지 못한 탓이다.

"어제는 피곤하다는 핑계로 겨우 피했는데, 오늘은 뭐라고 해? 나 진짜 연기할 자신이 없어."

"그래서, 바로 말할 거야?"

"아니! 미쳤냐?"

에이단이 얼굴이 벌게져서는 버럭 외쳤다.

"나도 지금 이렇게 손발이 덜덜 떨리는데, 바율은? 그 여린 마음에 얼마나 큰 상처를 받겠냐? 그 녀석, 까딱 잘못했다간 또 기절할지도 모른다고!"

"핫, 기절?"

퀸이 재미난 소리를 들었다는 듯 돌연 피식거렸다.

"넌 바율이 여전히 옛날의 그 약골로 보이나 보네."

"…뭐?"

"물론 상처도 받겠지. 사랑하는 형의 죽음이 불운의 사고가 아니라, 사실은 누군가가 저지른 범죄였다는 걸 알았는데 어떻게 멀쩡할 수가 있겠어. 더욱이 아직은 가정일 뿐이지만, 숙부와도 연관되어 있을지 몰라. 녀석이 제 숙부를 어떻게 생각하는지는 너도 알잖아?"

룸메이트인 덕에 퀸은 상대적으로 친구들보다 바율에 대해 사소한 것들을 더 많이 알고 있었다. 그가 옆에서 지켜본 결과, 녀석에게 숙부는 아버지인 란데르트 공작에 버금갈 정도로 의지가 되는 사람이었다.

　그런 존재가 만일 형의 죽음을 사주했다면?

　"녀석은 단순히 기절 따위로 끝나는 게 아니라, 또다시 폭주할 거야. 저번처럼."

　"폭주?"

　"기억 안 나? 캔자스시에서 무슨 일이 있었는지."

　퀸의 말이 끝나자마자, 에이단이 저도 모르게 몸을 부르르 떨었다. 어찌 그때를 잊을 수 있겠는가.

　리타가 험한 꼴을 당할 뻔했다는 사실에 분노한 바율이 폭주하여 하마터면 도시 전체가 사라질 위기에 처했었다. 그 덕에 템페스타가 중급으로 진화하긴 하였지만, 당시 친구들은 물론 모두가 겁에 질렸었다.

　"문제는 바율이 그때와는 비교조차 할 수 없을 만큼 강해졌다는 거야."

　"그럼……."

　"그래, 행여 녀석이 이성을 잃고 날뛰기라도 하면 도시 하나로 끝나지는 않을 거란 뜻이지."

　"설마 그렇게까지……."

에이단은 미처 고려하지 못한 부분이었다. 녀석이 바율이 받을 상처와 고통만을 염려했다면, 퀸은 이후 그로 인해 벌어질 상황까지 염두에 두고 있었다.

"가뜩이나 천계와의 전쟁을 앞둔 터라 잔뜩 예민해져 있는 상태인데…… 솔직히 난 말했을 때 무슨 일이 벌어질지 상상하는 것만으로도 벌써 두려워."

퀸은 진심이었다.

사대 정령 중 셋은 이미 정령왕이 되었다. 바율의 능력도 능력이지만, 녀석의 폭주에 그들까지 합세하게 된다면 과연 어떤 사달이 날지 알 수 없었다. 어쩌면 제국뿐 아니라 대륙 자체가 사라질지도 모를 일이다. 바율에겐 그럴 만한 힘이 있었다.

"바율의 숙부님이 범인이 아닐 수도 있잖아!"

에이단은 다급히 말을 이었다.

"그 형제의 단독 범행일 수도 있어. 그러면 바율도 그렇게까지 중심을 잃고 그러진 않을 거야. 안 그래?"

"글쎄…… 최악은 면할 수 있을지도 모르지. 근데, 앞뒤 상황을 놓고 이성적으로 따져 봐. 그럴 확률이 얼마나 될까? 명을 받고 움직이는 그들 형제가, 갑자기 자기들 멋대로 공작가의 후계자를 죽였다? 에이단, 너라면 믿겠어? 그게 말이 되는 거 같아?"

"……."

"그들이 바일을 죽여서 얻는 이득은 뭔데? 그때나 지금이나 바율네 숙부의 밑에 있는 건 변함없잖아."

퀸의 푸른색 눈동자가 냉철하게 빛났다.

"그가 아니더라도, 배후는 분명히 있어. 그게 누구인지를 밝혀야 해. 정말 바율의 숙부일지…… 아니면 또 다른 제삼의 인물일지."

"…제삼의 인물?"

"물론 아직까지 바율의 숙부가 가장 유력한 용의자이긴 하지만, 확신하기엔 일러. 확실한 물증이 없을뿐더러, 어디에서나 변수는 존재하니까."

에이단은 알고 있는지 모르겠지만, 퀸은 바율의 사촌 형인 데릭이 죄를 짓고 옥에 갇혀 있음을 알고 있었다. 학기 중 기숙사에서 지낼 때, 녀석이 갑자기 한숨을 짓는 바람에 이유를 물었다가 방학 동안 있었던 사건에 대해 듣게 된 것이다.

퀸의 기억이 맞는다면, 당시 그로 인해 작은어머니와도 마찰이 있었다고 했었다.

"변수라니? 무슨 변수?"

"생각해 봐. 바일이 죽음으로써 제일 득을 볼 대상이 누구인지를."

바일은 란데르트 공작가의 장남으로서 향후 작위를 물려받을 후계자였다. 그때까지만 하더라도 바율은 허약한 환자로 취급되었다. 가끔은 거동이 불편할 정도였으니 후계를 이을 수 없다고 판단했을지도 모른다.

그러면 후계 후보는 자연스레 공작의 동생인 리암에게로 넘어갔을 것이다.

혹은, 그의 아들 데릭에게로.

"란데르트 공작 전하의 수명은 평범한 사람들보다 훨씬 길어. 하지만 자식이라곤 바율과 바일, 딱 둘 뿐이지. 공작 전하가 다른 부인을 들이실 분도 아니고."

"퀸 네 말은…… 그러니까, 바율과 바일만 사라지면……."

"맞아. 시간은 걸리겠지만, 결국 후계는 언젠가 숙부의 자식이나 손자에게로 가게 됐을 거야. 차마 공작 전하를 어떻게 할 수는 없었을 테니까 말이야."

"겨우 작위 때문에 자기 혈육을…… 그렇게까지 한다고? 고작 열네 살짜리 꼬마애를?"

"원래 권력과 돈에 눈이 멀면 무슨 짓이든 하는 법이지. 에이단. 세상엔 착한 이들도 많지만, 그렇지 않은 자들도 수두룩해. 게다가 황제도 경시하지 못하는 대 란데르트 공작가야. 제국에서 제일가는 가문의 수장이 되는 거라고. 그 걸 겨우라는 말로 다 표현할 수 있을까?"

인어국의 왕세자로 나고 자란 퀸은 아주 어린 시절부터 세상의 비정함을 목도하며 살았다. 거대한 제국인 이 나라는 제 조국보다 더하면 더했지, 결코 덜하지 않을 것이다.

"아마도 바일 다음엔 바율이 표적이었을 거야."

낮게 가라앉은 퀸의 음성엔 어느덧 분노가 서려 있었다.

"바율이 정령사가 되지 못했다면 말이지."

범인은 지금쯤 아마 과거의 야망을 모조리 접었을 터였다. 바율이 아버지인 란데르트 공작만큼이나 넘을 수 없는 벽이 되었기 때문이다. 만약 이 시점에서도 야심을 버리지 못했다면 그거야말로 알아서 지옥의 불구덩이로 들어가는 셈이나 마찬가지였다.

"그래서, 요점이 뭔데? 제삼자라는 게 설마 바율의 사촌 형일지도 모른다는 거야?"

"혹은 그의 어머니일 수도 있고."

"…작은어머니?"

"그러고 보니 사촌 누나도 둘이나 되잖아? 그들에게 협조하는 또 다른 무리가 있을 수도 있고."

"용의자가 너무 많은 거 아니냐? 그 많은 사람 중에 범인을 어떻게 찾을 건데?"

"너 바보냐?"

"뭐?"

에이단이 와락 인상을 쓰자 퀸이 조용히 다가와 속닥였다.

"셰임이 있잖아."

"아."

"셰임에게 대지의 기억을 보여 달라고 하면 바로 드러나겠지."

"젠장, 내가 그 생각을 왜 못했지? 지난밤에 몰래 불러서 물어볼걸!"

"오늘도 늦지 않았어."

"근데 너 왜 갑자기 이렇게 작게 말해?"

퀸은 대답 대신 시선을 창밖으로 던졌다. 그제야 에이단의 귀에 막 건물 안으로 들어서는 바율의 기척이 들렸다. 퀸에게 너무 집중한 터라 미처 신경 쓰지 못했다.

"으악, 도착했네! 어쩌지?"

"뭘 어쩌긴 어째. 일단은 다물어야지."

퀸은 목소리를 더욱 낮추며 경고했다.

"너, 표정 관리 잘해라. 아직은 들키면 안 되니까."

언제까지 바율에게 비밀로 할 수는 없었다. 하지만 무엇하나 명백히 밝혀진 바가 없는 지금, 당장 터뜨릴 수 없는 것도 사실이었다.

만일을 대비해서 바율을 제어할 수 있는 누군가에게 먼

저 털어놓는 게 나은 방법일 수도 있었다.

라예가르 이사장님이라면 가능하지 않을까? 그도 아니면 데스나 마황 정도인데.

사실 퀸으로선 그마저도 장담할 수 없었다. 전대 정령왕의 힘을 물려받고 각성한 바율의 능력은 지금도 여전히 성장하는 중이었다. 그 한계를 가늠하기가 어려울 정도로.

"퀸!"

그가 나름의 고민에 휩싸인 사이, 마침내 바율이 문을 열고 안으로 들어섰다.

"생각보다 빨리 왔네? 난 그래도 며칠 더 걸릴 줄 알았는데."

"응, 그렇게 됐어."

본래 퀸은 본국에 잠시 들렀다가 합류하기로 했었다. 되도록 일찍 오겠다고 하긴 했었지만, 그 시기가 이토록 당겨질 줄은 몰랐다.

"에이단, 몸은 좀 어때? 리타 말로는 조금 괜찮아졌다고 들었는데. 근데 내가 보기엔 안색이 여전히 안 좋은 것 같아."

퀸을 보고 반가워하던 바율의 얼굴이 금세 걱정으로 물들었다. 타고나길 건강체인 녀석이 하필이면 해밀턴에 와서 고생하고 있으니, 이 모든 게 꼭 제 탓인 것 같아 속상했다.

"무슨 소리야! 나 완전 멀쩡한데!"

에이단은 부러 양팔을 번쩍 들고는 마구 흔들었다.

과장된 동작 하며 평소보다 높은 억양이 누가 봐도 부자연스러워졌지만, 녀석은 꿋꿋하게 이어 말했다.

"그보다, 나 빼고 아침 먹었다면서? 너무해. 깨우지도 않고!"

"아, 미안. 나는 잠을 더 푹 자는 게 좋을 것 같아서……."

"안 되겠다. 저녁까지 참으려고 했는데, 배고파서 죽을 거 같아! 식당이 아래층이던가?"

"어, 맞아. 그럼 지금……."

"괜찮아. 내가 알아서 할게."

에이단이 바율의 말을 자르며 쏜살같이 튀어 나갔다. 퀸의 눈에는 여지없이 어색한 상황에서 도망치는 것으로만 보였으나, 다행히 바율에게는 아닌 모양이었다.

"배가 엄청 고픈가 보네. 이럴 줄 알았으면 아침에 그냥 깨울걸."

바율이 후회스러운 듯 뒷머리를 긁적이며 돌아보았다.

"퀸, 너는 괜찮아? 너도 시장하면 같이 내려갈까?"

"아니, 난 저녁까지 기다릴 수 있어."

"그럼 그럴래? 오늘 저녁엔 아버지랑 숙부, 그리고 만월 기사단 분들도 함께 식사하시기로 했어. 아, 어쩌면 라나사도 오겠다."

"식탁 위가 풍성하겠네. 랑트에는 언제 가?"

"내일 가야지. 시간이 별로 없잖아."

"거기서 바로 황도로 출발할 건가?"

"응, 그럴 것 같아."

황도 얘기가 나오자 바율이 왜인지 심각한 표정을 지었
다.

"왜 그래? 무슨 일 있었어?"

"그게 아니라…… 아직 못 정했거든."

"뭘?"

"선물."

"…설마 약혼식 선물 말하는 거야?"

"어. 뭘 드리면 좋을까?"

상대는 무려 이 나라의 황태자였다. 마음만 먹으면 뭐든
가질 수 있는 위치의 사람에게 무언가를 선물해야 한다는
건 대단히 골치 아픈 사안이었다.

"퀸, 뭐 좋은 아이디어 없어?"

"글쎄…… 그런 생각은 전혀 해 보질 않아서."

여상하게 대답했지만, 현재 퀸의 머릿속은 온통 바일을
죽인 범인이 누구인가에 대한 문제로 가득했다. 그 사실을
알고 상처받을 바율을 어떻게 위로해야 할지와 더불어.

"랑트에서만 나는 특산품으로 할까? 그건 좀 식상한가?"

"개성이 있어서 나쁘진 않을 것 같은데?"

"값비싼 보석은?"

"가치 있는 만큼 그것도 괜찮지."

"혈통 좋은 말도 생각해 봤어."

"활동적인 성격이니까 좋아할 것 같군."

범인이 누가 되었든, 바율 네가 받을 상처와 고통은 내가 감히 짐작할 수 없는 수준이겠지?

어떻게야 네가 덜 아플 수 있을까?

바율이 묻는 말에 꼬박꼬박 답을 하면서도 퀸은 오로지 그 생각뿐이었다.

2.

어느덧 시간이 지나고, 에이단이 그토록 오지 않길 바랐던 저녁 식사 시간이 결국 오고야 말았다. 이전까지는 이런저런 핑계를 대며 교묘하게 바율을 피했지만, 란데르트 공작과 만월 기사단이 참석하는 자리만큼은 그로서도 어쩔 도리가 없었다.

"에이단, 너 얼굴이 왜 그래?"

"…내 얼굴이 왜?"

문제는 라나사까지 합세했다는 점이었다. 아이작을 따라 함께 온 녀석이 에이단을 보자마자 인상을 꾸깃 찌푸렸다.

"엄청 괴로운 표정을 하고 있잖아. 무슨 고민이라도 있니?"

"아니! 그런 거 전혀 없는데?"

'얘가 원래 이렇게 예리했냐? 원래 남한테 관심이라고는 없는 애 아니었어?'

저도 모르게 펄쩍 뛰며 대답하는 에이단의 시선이 도움을 요청하듯 퀸에게로 향했다.

'대충 좀 둘러대는 게 그렇게 어렵냐?'

하는 꼬락서니를 보아하니 평생 거짓말은 하지 못하고 살 팔자였다. 에이단을 한심한 눈초리로 바라본 퀸은 작게 한숨을 내쉬곤 은근슬쩍 화제를 돌렸다.

"라나사, 너 곧 동생 생길 거라면서?"

"응! 들었어?"

역시 동생 얘기가 나오자 그녀의 안색이 밝아졌다.

"바율이 제 일처럼 자랑하던데. 축하한다."

"고마워."

"근데 동생이란 게 생각보다 귀찮……."

"퀸, 잠깐만. 그래서, 에이단. 네 고민이 뭔데? 어디 한 번 얘기해 봐. 우리가 도움이 될지 어떻게 알아?"

라나사의 관심을 돌리는 데 성공한 줄 알았는데, 아니었다. 싱긋 웃으며 고맙다고 말한 녀석은 퀸이 무어라 말을 더 덧붙이기도 전에 다시금 에이단을 돌아보았다.

"고, 고민 없다니까?"

"말까지 더듬는다 이거지……."

"야! 너, 내가 하는 말 제대로 듣기는 하는 거야? 나 고민 없다고!"

"당연히 듣고 있지. 천하의 에이단이 이토록 신경 쓸 정도면, 꽤 심각한 문제 같은데…… 하루 사이에 생길 만한 고민거리가 뭐가 있으려나."

에이단이 아무리 아니라고 부정해도 소용없었다. 턱을 쥔 채 곰곰이 생각에 잠긴 라나사는 홀로 추리에 들어갔다.

에이단의 동공이 지진이라도 난 듯 흔들렸다. 딴에는 안 그런 척한다고 그리도 애를 썼건만, 전혀 소용이 없었다. 본인 연기가 이렇게나 형편없었다니, 때아닌 자괴감이 들 정도였다.

"고민은 무슨."

보다 못한 퀸이 재차 나섰다.

"기껏 여기까지 왔는데 무하가 자기랑 안 놀아 줘서 그런 거지.”

“무하가 안 놀아 준다고? 왜?”

“몰라. 일편단심 바율이라나 뭐라나.”

퀸은 그저 입에서 나오는 대로 뱉기 바빴다. 에이단이 더 바보 같은 짓을 하기 전에 무마시켜야 한다는 생각뿐이었다.

그나마 다행인 건 바율이 마침 두어 시간 전 영지 순방을 마치고 돌아온 아버지와 시간을 보내느라 그들 곁에 없다는 것이었다.

“무하가 바율 뒤만 졸졸 따라다니긴 하더라.”

잠자코 있던 알레그리아가 끼어든 것은 그때였다. 생각지도 못한 조력자의 등장에 퀸과 에이단의 시선이 허공에서 부딪쳤다.

‘애가 뭘 알고 이러는 건 아니겠지?’

‘설마.’

동료로 받아들이긴 했지만, 천족인 그녀의 능력이 어느 정도인지까지는 아직 제대로 파악하지 못한 상태였다. 행여 그녀가 그들의 대화를 듣기라도 했나 싶어 둘은 순간 심장이 내려앉았다.

“일찍들 내려오셨네요?”

그때 리타가 템페스타와 같이 식당 내부로 들어섰다.

"템페스타, 영주님과 도련님은 이쪽에 앉으실 거야. 그러니까 여길 중심으로 음식들을 쭉 내려 두면 돼."

"알겠어! 이번에도 나만 믿어!"

본성에서 성대한 만찬이 펼쳐지면 주방의 사람들만큼이나 몸이 바빠지는 존재가 바로 템페스타였다. 음식과 술을 쉴 새 없이 날라야 하기 때문이다.

녀석이 사소하다면 사소하다고 할 수 있는 이 일에 투철한 직업 정신을 발휘하는 건 다 칭찬을 받기 위해서였다.

타고난 눈썰미에 신속한 움직임으로 매번 음식과 술이 떨어지지 않도록 빠르게 서빙을 해 주다 보니, 만월 기사단 내에서 템페스타의 인기는 사대 정령 중 최고였다.

"여어, 오늘도 템페스타의 실력 좀 보게 되려나?"

식사 시간이 다 되었는지 만월 기사단 단원들도 하나둘 입장하기 시작했다. 덕분에 에이단을 향한 라나사의 의심 어린 눈빛은 잠시 보류 상태로 넘어갔다.

"딸, 이리 와서 앉아야지."

어디 그뿐이랴. 제 옆으로 라나사를 부르는 아이작의 음성이 에이단에겐 순간 은총처럼 느껴졌다.

"그래도 먹다 체하지는 않겠네."

최대한 자연스럽게 라나사에게서 멀찌감치 떨어진 곳에 자리를 잡은 에이단이 홀로 중얼거릴 때였다.

"들키지 않으려면 지금보다 더 조심해야 할 거야."

"……!"

알레그리아의 느닷없는 발언에 에이단과 퀸은 동시에 멈칫했다. 그들이 놀란 표정을 짓자 그녀가 속삭였다.

"일부러 들은 건 아니었어. 내가 좀 귀가 밝은 편이라."

"너……."

"말 안 할게."

알레그리아는 너희가 무슨 말을 할지 다 안다는 양 고개를 끄덕였다.

"하지만 너희도 주의해. 바율의 능력은 우리의 생각 이상으로 대단하니까."

본의 아니게 오래전 비사를 듣고 말았다. 그런 그녀 역시 걱정을 하지 않으려야 않을 수가 없었다. 퀸이 우려했던 바와 같은 맥락이었다.

바율은 알레그리아를 옭아맸던 속박의 띠를 제 능력만으로 풀어냈다. 친구들은 그 일을 단순히 수많은 바율의 능력 중 하나쯤으로 여기며 대수롭지 않게 지나쳤지만, 천족인 그녀는 아니었다.

속박의 띠를 푸는 건 오로지 주신만이 가능했다. 한데 한낱 인간인 바율이 그걸 해낸 것이다.

주신에 버금가는 힘이 있지 않고서야, 아니, 그보다 더한 능력을 갖추지 않는 한 그건 절대적으로 불가능한 일이다.

그런 어마어마한 능력을 가진 자가 이성을 잃고 날뛰게 된다면 어떤 대재앙으로 다가올지 모른다. 그러므로 바율의 폭주는 어떻게서든 막아야 한다는 데에 알레그리아는 전적으로 동의했다.

"난 인간계의 멸망을 보려고 너희 편에 선 게 아니거든."

라나사가 힐긋거리는 게 느껴졌다. 알레그리아가 방금 제 입에 담은 무시무시한 말과는 대조적으로, 환하게 웃으며 라나사 쪽을 향해 손을 흔들었다.

'너희들끼리 무슨 비밀 얘기를 하는 건데?'

그로 인해 라나사의 눈에는 도리어 전보다 더한 의심이 차올랐지만, 알레그리아는 여전히 모른 척 눈웃음으로 응수할 뿐이었다.

그녀가 그토록 뻔뻔하리만치 당당히 굴 수 있었던 이유는 직접 소리가 새어 나가지 않게 결계를 친 덕이었다.

"너희들……."

궁금증을 참다못한 라나사가 일어서려는 찰나였다.

"공작 전하!"

드디어 본성의 주인인 란데르트 공작이 장내로 입장했다. 그의 양옆으로 바율과 리암이 농담을 주고받으며 웃는 얼굴로 함께 들어섰다. 누가 봐도 정겨운 숙부와 조카 사이였다.

"후후, 이제야 진짜 나의 시간이 왔군."

어느 틈엔가 각자 자리를 잡은 마황과 데스는 벌써부터 침을 꿀떡꿀떡 삼켜 댔다.

그렇게 모두가 본격적인 식사에 들어갔다.

"역시 템페스타가 최고야!"

"여기 고기 한 접시 추가요!"

템페스타는 열심히 술과 음식을 날랐다. 누군가 소리칠 때마다 커다란 접시가 허공을 둥실둥실 지나 탁자로 내려 앉았다. 빈 접시도 바로바로 옮기는 솜씨가 어찌나 빠르고 깔끔한지, 주방에서도 녀석에 대한 칭찬이 끊이지 않았다.

"많이 들거라."

"예, 형님. 형님도 많이 드십시오."

저를 챙기는 란데르트 공작에게 리암이 손수 일어나 포 도주를 따랐다.

"거 참, 자꾸 그런 눈으로 보지 마세요. 원래 타지 생활 을 하다 보면 살도 좀 빠지고 그러는 겁니다. 안 그러냐, 바 율?"

아까부터 괜찮다 누누이 말했음에도 저를 향한 형님의 눈빛에는 여전히 염려가 가득했다. 그에 리암이 바율에게 도움을 청했지만, 그 아버지에 그 아들이라고 바율 또한 걱 정스럽기는 매한가지였다.

"작은아버지도 이제 나이 생각하셔야죠. 저는 아버지 마음 충분히 이해합니다."

"아이고, 아주 두 부자가 합심해서 잔소리를 해 대는구나. 바율. 네 아버지가 유별난 거지, 이 숙부도 타고나길 건강 체질이란다. 내가 진즉에 검을 내려놓지 않았다면 만월 기사단에 입단했을 거다. 어릴 땐 제법 신동 소리 좀 들었거든. 아니 그렇습니까, 형님?"

"그랬던가?"

동생이 따라 준 포도주를 입가로 가져가며 란데르트 공작이 뜻 모를 표정을 짓자, 주변에 있던 단원들이 낄낄 웃음을 터뜨렸다.

"와, 지금 기억 안 나는 척하시는 겁니까?"

리암이 웃지 말라는 양 눈을 부라렸지만, 씨알도 먹히지 않았다. 오히려 여기저기서 짓궂은 농들이 던져졌다.

"어디, 이제라도 저와 대련 한번 해 보시렵니까?"

"저는 왼손만 사용하겠습니다!"

"일반인을 상대로 무슨 그런! 전 맨손이면 충분합니다!"

"지금 맨손이라고 했나?"

리암이 발끈해서는 소리쳤다.

"아무리 그래도 그렇지, 란데르트가의 차남을 너무 무시하는군. 형님, 아우가 이 수모를 당하고 있는데 그냥 두고만 보실 겁니까?"

"그러게 검을 왜 그리 일찍 놓아서는."

리암의 말이 완전히 거짓은 아니었다. 그 역시 타고나길 기사로서의 소질이 충만했다. 다만 형인 공작의 실력이 워낙에 뛰어나다 보니 그 빛에 가려질 수밖에 없었을 뿐.

처음엔 그런 상황이 그를 더욱 채찍질하였다면, 어느 순간부터는 좌절을 안겨 주었다. 무슨 수를 써도 형을 이길 수 없다는 걸 파악하는 덴 그리 긴 시간이 필요하지 않았다.

리암이 무신이 아닌 문신의 길을 겪게 된 것은 그러한 바탕이 깔려 있었다. 다행히 그는 머리도 좋은 편인지라 제 형의 몫까지 훌륭히 해내고 있었다.

"그때 저 좀 말리지 그러셨어요. 그랬으면 이언까지는 무리더라도, 사다드쯤은 어떻게 손볼 수 있지 않았겠습니까?"

"아니, 거기에 저는 갑자기 왜 끌어들이십니까? 저 아무 말 안 했거든요!"

사다드 입장에선 가만히 있다가 뒤통수를 맞은 격이었다.

기실 그는 리암을 놀리고 할 정신도 없었다. 입궁하기 전까지 영지 순방을 마치는 걸 목표로 누구보다 바빴던 인물이 바로 그였기 때문이다.

순수 업무량으로 따지면 리암 못지않게 할 일이 많은 이가 바로 공작의 수행 기사인 사다드였다.

"이제 좀 한숨 돌리며 쉬는 사람, 제발 좀 내버려 두십시오."

"내가 없으니 빈자리가 실감 나던가?"

"예에! 아주 많이 납니다!"

심지어 리암이 타국으로 나가면서 하던 일의 대부분이 사다드에게 넘어오는 바람에 초반에는 실로 죽을 맛이었다.

"내 탓이라고 원망하지 말게. 애초에 원인 제공은 내가 아니라 형님이 하셨으니까."

리암은 씨익 웃으며 포도주 병을 다시 집어 들었다.

"암요. 그래서 꾹 참고 있지 않습니까."

사다드가 아무래도 주군을 잘못 만난 것 같다고 구시렁거리자 여기저기서 웃음소리와 함께 또 시작이라는 둥, 엄살이라는 둥 하는 말들이 들려왔다.

그 모습을 멀리서 지켜보던 에이단이 퀸을 향해 작게 소곤거렸다.

"만월 기사단 분들하고도 되게 친하신가 봐."

"그러게."

"연기로는 안 보이지?"

"글쎄……."

거짓말을 간파하는 능력이 없다는 게 이 순간 그렇게 아쉬울 수가 없었다.

하지만 눈에 보이는 것만이 전부가 아니라는 사실은 다들 일찌감치 깨우쳤다.

"오늘 밤이면 저 웃는 얼굴이 진심인지 아닌지 알 수 있겠지."

세임의 대지의 기억이라면 모든 게 확실해질 터였다. 둘은 타는 목을 축이며 리암을 말없이 응시했다.

Chapter 4.
셰임의 예고

1.

　많은 이들이 함께한 자리인 만큼 저녁 식사가 평소보다 훨씬 늦게 끝이 났다. 그럼에도 술이 부족했는지 몇몇 기사단 단원들은 아이작을 붙들고 '이 차'를 외쳤다.

　"정신들 차리고 집에나 가!"

　물론 아이작은 그 모든 것을 단칼에 거절하곤 서둘러 집으로 돌아갔다. 임신한 아내가 혼자 있는 것이 걱정된다는 이유에서였다. 꼭 참석하라는 란데르트 공작의 명만 아니었더라면 그는 애초에 오늘 여기에 오지도 않았을 터였다.

　그렇게 아이작을 시작으로 손님들이 하나둘 본성을 떠났다. 바율도 내일 아침 오전 중으로 랑트에 가야 했기에 일찍 잠자리에 들었다.

각자 손님방을 배정받은 퀸과 에이단, 그리고 알레그리아가 다시 만난 시각은 자정이 훨씬 넘었을 무렵이었다. 저마다의 방식으로 몰래 침실을 빠져나온 그들이 다시 뭉친 곳은 축사 근처였다.

"오다가 누구랑 마주친 사람 없지?"

"난 없어."

퀸의 물음에 에이단이 답하자 알레그리아가 염려 말라는 듯 덧붙였다.

"이제부터는 내가 결계를 칠 테니 안심해도 될 거야."

"상대는 바율이야. 녀석이 고향에 돌아와서 마음이 좀 풀어져서 그렇지, 절대 실수하면 안 된다고."

"그뿐이면 다행이게?"

퀸이 결계를 쳤다는 알레그리아의 얘기를 듣고도 거듭 당부했다.

"그리아. 네가 인간이 아니라서 잘 모르겠지만, 란데르트 공작 전하도 예의 주시해야 해. 그분의 능력은 아주 오래전부터 인간의 범주를 벗어났으니까."

"퀸, 바율의 아버지가 블랙 드래곤 칼리오페를 상대하던 그 자리엔 나도 있었어."

주신인 아버지가 저를 시험했다는 사실을 처음 인지했던

날이었다. 그로 인해 받은 충격이 커서 무어라 말할 새가 없었을 뿐, 란데르트 공작의 대단함은 당시에 이미 알레그리아의 머릿속에 박혔다.

"안 그래도 특별히 신경 쓰던 중이야."

천족인 알레그리아가 하는 말이니 퀸은 그제야 조금 진정되는 느낌이었다. 사 년 전의 비사를 확실하게 알아내기 전까진 바율과 공작, 그들 부자에게 무조건 함구해야만 했다.

"바율도 바율이지만, 진실을 알고 나면 공작 전하께서 얼마나 진노하실지 난 짐작도 안 가."

"아까 봤지? 리암 님을 정말 따뜻한 눈빛으로 바라보시는 거."

하나뿐인 동생이 제 아들을 죽이라 사주한 범인이라고 하면 어마어마한 충격과 더불어 분노할 게 뻔했다.

"제발 바율 숙부님과 아무 관련이 없기를……."

에이단은 양손을 모은 채 진심으로 그러길 신에게 빌었다.

"그나저나 셰임은 어떻게 불러내지?"

이들이 야심한 시간에 모인 이유는 셰임에게 대지의 기억을 보여 달라 부탁하기 위해서였다. 하지만 녀석은 정령이었고, 그들은 정령사가 아니었다. 아무리 바율과 친한 사이라 하더라도 셰임이 일행의 청을 들어줄지는 미지수였다.

"그냥 땅에 대고 조용히 불러내면 되지 않을까? 여전히 부끄러움을 많이 타긴 하지만, 이젠 바율이 부르면 바로바로 나타나잖아."

"그건 바율이니까 그렇지. 셰임은 여태 나랑 눈도 제대로 안 마주치더라."

퀸 역시 비슷한 처지였기에 그가 '그건 그렇지' 하며 고개를 끄덕거릴 때였다.

"내 이럴 줄 알았지."

별안간 서늘한 음성과 함께 불청객이 등장했다.

"라, 라나사!"

"네가 여긴 어떻게……?"

황급히 돌아본 일행의 시야를 채운 건 라나사뿐이 아니다. 녀석 옆에 꽤 귀찮은 기색을 한 데스가 함께였다.

"너 아까 돌아간 거 아니었어?"

"네 아버님이 가장 먼저 가셨잖아. 내가 같이 나가는 거 분명 봤는데."

라나사가 줄곧 의심 어린 눈길로 그들을 쳐다보았기에 신경 써서 살피었건만, 이게 무슨 날벼락인지 모르겠다. 당황한 친구들 사이로 라나사가 실눈을 뜬 채 서서히 다가왔다.

"속임수는 최고의 전술인 거 몰라?"

"뭐야. 그러면 너 일부러 거짓으로 가는 척했다는 거야?"

"그래. 너희 대체 나 빼고 무슨 짓을 벌이는 건데? 이렇게 친구를 막 따돌리고 그래도 되는 거니?"

"따돌리기는 누가 따돌려!"

"그리아, 너까지 나한테 이럴 줄은 정말 몰랐다."

천족인 알레그리아에게 그간 가장 상냥하게 대했던 라나사였다. 녀석이 서운하다는 듯 퉁명스럽게 내뱉자 그녀가 난처해하며 변명했다.

"라나사, 오해하지 마. 난 다 너를 생각해서 그런 거야. 먼저 알아봤자 좋을 게 하나도 없을 얘기거든."

"그러니까 그 얘기가 뭔데? 무슨 굉장한 비밀이 숨어 있어서 이 야밤에 이런 곳에서 너희끼리만 숙덕이는 거냐고. 이젠 나도 좀 알자."

"그게 말이야……."

라나사에게 들킨 마당에 더는 숨길 방도가 없었다. 하나 설명하고 싶어도 선뜻 입이 열리지 않았다. 그만큼 사안이 엄청났기 때문이다.

그때 데스가 끼어들며 물었다.

"셰임을 바율도 없이 불러내려고 하는 이유가 뭐지?"

"데, 데스!"

"…들었어요?"

"결계를 치려면 좀 더 꼼꼼히 쳤어야지."

데스의 빈정거림에 알레그리아의 뺨이 붉어졌다. 기실 모든 건 데스가 비정상적으로 능력이 뛰어난 탓이었지만, 그녀는 제 실력이 이렇게까지 부족했나 싶어 순간 창피스러웠다.

"근데 처음부터 다 듣지는 못했나 보네요."

"이제 막 도착했으니까."

"우릴 속이기 위해 데스까지 동원하다니, 라나사 너도 참 대단하다."

"둘이 이런 모의를 할 정도로 친한 사이인 줄은 몰랐네요."

"나도 협박당한 거야."

그러니 오해 말라는 듯 데스가 짜증스럽게 머리를 쓸어 넘겼다.

"협박이요?"

"라나사, 너 데스를 협박했어? 뭐로?"

눈을 휘둥그레 뜨는 친구들을 향해 라나사는 가볍게 대꾸했다.

"데스를 움직이게 하려면 하나밖에 더 있니?"

"설마…… 먹을 거?"

"그것도 나름의 방법이겠지."

하지만 라나사가 쓴 수는 아니었다.

"그냥 리타를 좀 들먹였어. 날 도와주지 않으면 둘 사이를 이간질하겠다고. 내 말이 리타에게 좀 먹히잖아?"

"헐!"

생각지도 못한 협박이었다. 그러나 듣고 보니 그보다 나은 방법은 있을 수 없었다.

"그딴 식으로 보지 말고 얼른 얘기나 해. 세임이 왜 필요한 건지."

제게로 쏟아지는 일행의 딱한 시선에 데스가 신경질을 내며 화제를 본론으로 돌렸다. 라나사의 협박에 어쩔 수 없이 온 것은 맞지만, 그가 보기에도 상당히 수상한 상황이었다.

"하아……."

"결국 이렇게 되네."

밖에 더 오래 있다간 또 어떤 변수가 있을지 모른다. 잠시 눈치를 살피던 에이단은 하는 수 없이 어제의 일을 털어놓았다.

"…그게 사실이야? 살아남은 바일을 정말 그 자식들이 다시 강으로 밀었어?"

"아직까지 증거는 재스퍼의 기억뿐이야. 보다 확실하게 알기 위해서 셰임에게 부탁하려는 거고."

"셰임의 대지의 기억이라면 알 수 있겠지."

싸늘하게 답하는 라나사의 몸이 부들부들 떨렸다. 그녀는 에이단의 능력을 의심하지 않았다. 재스퍼의 기억 또한 마찬가지였다.

해밀턴에서 함께 지내면서 바욜에 대한 녀석의 충성심은 익히 봐 왔다. 누구보다 똑똑한 녀석이니 범인을 여태 잊지 않고 있을 것이다.

"개새끼들! 아니, 개만도 못한 새끼들!"

절로 욕이 튀어나왔다. 얼굴 한 번 본 적 없는 사이지만, 라나사는 누구보다 격분했다. 그 어린아이가 죽기 전 얼마나 끔찍하고 고통스러웠을지 생각하자 피가 거꾸로 솟는 기분이었다.

"그 형제들의 정체가 바욜 숙부의 수하들이다, 그 말이지?"

"네, 데스."

"엿 같은 사태가 벌어지겠군."

시큰둥하던 데스 또한 이야기를 다 듣고 나자 자못 심각해졌다. 세상사에 별 관심 없는 그였지만, 바욜과 관계된 일이라면 다르다. 그 바욜을 신처럼 떠받드는 게 바로 리타였으니.

"그래서, 셰임은 어떻게 부를 건데?"

"우리도 몰라. 막 그에 대해 논의하던 중이었어."

"논의하고 자시고 할 틈이 어디 있니? 뭐라도 당장 해야지!"

라나사가 톡 쏘아붙이더니 대뜸 바닥에 엎드렸다. 그러곤 땅을 두드리며 말했다.

"셰임, 내 말 들리죠? 꼭 좀 물어보고 싶은 게 있으니까 나와 줄래요?"

라나사는 마치 노크하듯 연신 손으로 지면을 내리쳤다.

"너희 계속 그러고 서 있을 거야?"

"어?"

"셰임 빨리 불러내야지!"

라나사의 독촉에 그제야 에이단과 퀸도 바닥에 엎드리며 그녀를 따라 했다.

"셰임, 바율이 알기 전에 꼭 우리가 먼저 알아야 할 게 있어요."

"바율에게 무척이나 중요한 일이니까 제발 도와주세요."

"셰임이 아니면 아무도 할 수 없는 일입니다."

친구들의 간절한 마음이 통했을까.

얼마 지나지 않아 한쪽 땅이 볼록 솟아오르며 이내 셰임이 모습을 드러냈다. 첫 만남엔 할아버지 모습을 하고 있었던 셰임은 이젠 그들보다 두세 살은 더 어려 보이는 소년의 얼굴을 하고 있었다.

"무슨 일이십니까?"

바율이 곁에 없어서인지 셰임은 예상과 달리 크게 부끄러움을 타지 않았다. 그저 예의 바른 말투로 일행에게 용건을 물었다.

시간이 없었기에 에이단은 빠르게 상황을 설명하고 대지의 기억을 보여 달라 요청했다.

"사고가 아니라 살인이었다는 말씀입니까?"

되묻는 셰임의 어조는 평소처럼 침착했지만, 눈빛만큼은 아니었다. 까만 밤하늘처럼 검은 그의 눈동자가 일순간 섬광처럼 빛났다. 그것은 분명한 살의였다.

"셰, 셰임?"

늘 순하고 배려심 많은 모습만 보여 주던 셰임이기에 친구들은 저도 모르게 뒤로 한 걸음씩 물러났다. 그러자 셰임이 재빨리 표정을 바꾸며 고개를 끄덕였다.

"우선 알겠습니다. 보고 오도록 하죠."

바율에게 먼저 알려야 한다고 고집을 부리면 어쩌나 걱정했던 게 허무할 정도로 셰임은 신속하게 움직였다.

"놈들의 단독 범행인지 아닌지 드디어 알 수 있게 되는 건가?"

"젠장, 떨린다."

"제발 내가 바라는 바였으면……."

일행은 초조하게 입술을 깨문 채 주변을 서성이며 셰임이 돌아오기를 기다렸다. 셰임이 그들 앞에 다시 모습을 보인 건 그로부터 십여 분 정도가 흐른 뒤였다.

"셰임!"

"누구예요?"

"범인 찾았어요?"

"…숙부님은 아니죠?"

"……."

"아, 왜 말이 없어요?"

"설마 진짜 바율 숙부님이 시킨 거예요? 네?"

돌아온 셰임이 아무 대꾸를 하지 않자 친구들의 낯빛이 순식간에 어두워졌다. 절대 아니기만을 바랐거늘, 이 사태를 어찌 수습해야 할지 막막했다.

셰임이 이해하기 힘든 소리를 한 건 그때였다.

"지금은 아무 말씀도 드릴 수 없습니다."

"…예?"

"그게 무슨 뜻이에요?"

"왜 말을 못 해요?"

"그건 차후 아시게 될 겁니다."

"아니, 그게 대체…….."

의미심장한 말을 남긴 채 셰임이 땅속으로 빠르게 사라졌다.

'뭐지?'

알레그리아는 고개를 갸웃했다. 마지막 말을 내뱉기 전 셰임의 시선이 잠시 저를 향했던 것 같았기 때문이다.

'내 착각인가?'

"셰임! 다시 좀 나타나 봐요!"

"말을 확실하게 해야죠!"

친구들이 다시금 땅을 두드리며 셰임을 부르는 와중에도 알레그리아는 자리에 못 박힌 듯 가만히 선 채 멍하니 눈만 슴벅거렸다.

그런 그녀를 데스가 말없이 한동안 지켜보았다.

2.

잉그리드가 공기를 가르며 힘차게 날았다. 세찬 바람 탓에 머리칼이 엉망으로 날렸지만, 바율은 상관없었다. 오랜만의 비행에 속이 뻥 뚫리는 듯한 기분이었기 때문이다.

어제는 아버지와 긴 사담도 나누었고, 리암 숙부와도 마치 어린 시절로 돌아간 양 장난을 주고받았다. 거기에 이제 는 곧 형을 볼 수도 있었다.

어느새 랑트의 상징과도 같은 존재가 되어 버린 세계수. 그 아래 서 있는 것만으로도 바율은 무한한 안정감을 느꼈다.

꿈속에선 이미 인간의 모습을 한 바일을 수백 번도 더 만 났다. 하루라도 빨리 정령계를 복원시켜 형과 어머니를 자 유롭게 만나고 싶었다.

그러기 위해선 주신과의 전쟁에서 반드시 승리해야만 했 다.

마지막 남은 태고의 신물.

하필이면 그 하나가 천계에 있었다.

그걸 어떻게 손에 넣어야 할까.

늘 그렇듯 오늘도 문제의 그것은 바율의 상념을 긴 시간 잡아먹었다.

그리고 같은 시각, 함께 잉그리드의 등에 올라탄 친구들 은 다른 문제로 골치가 아픈 참이었다.

'너희, 오늘 세임 봤냐?'

에이단이 바율의 눈치를 살피며 입을 벙긋거리자 라나사 와 그리아가 나란히 고개를 저었다. 퀸은 팔짱을 낀 자세로 인상을 잔뜩 찌푸린 채 전방만 노려보고 있었다. 녀석의 뒤 틀린 심사로 보건대 이유는 물으나 마나였다.

에이단이 주먹으로 제 가슴을 치며 소리 없는 한숨을 내쉬었다. 녀석은 지금 정말이지 답답해서 딱 죽고만 싶은 심정이었다.

셰임만 불러내면 대지의 기억으로 모든 의문이 풀릴 거라고 생각했거늘, 예상이 벗어나도 한참 벗어났다.

셰임의 표정으로 봐서 분명 대지의 기억을 통해 무언가를 알아낸 게 틀림없었다. 그렇지 않고서야 그답지 않게 그런 무서운 얼굴을 했을 리 없다.

한데 왜 입을 싹 닫아 버린 것일까?

후에 알게 될 거란 말의 뜻은 또 뭐란 말인가.

"앗! 설마……!"

입술을 잘근잘근 깨물며 고민하던 에이단은 불현듯 뭔가가 떠올랐다. 녀석이 저도 모르게 육성으로 크게 외치자 친구들이 약속이라도 한 듯 일제히 눈을 부라렸다.

'너 뭐야?'

'당장 그 입 안 다물어?'

'바율이 눈치라도 채면 어쩌려고!'

하지만 다행히도 혼자만의 생각에 빠진 바율은 미동조차 없었다. 에이단은 가슴을 쓸어내리며 친구들에게 조심스레 제 생각을 말했다.

'셰임 말인데, 뭔가를 본 게 아닐까?'

'보다니? 뭘?'

'미래 말이야!'

에이단은 손가락을 허공에 대고 '미래'라는 글자를 썼다. 그러자 라나사가 미처 거기까진 예측하지 못했다는 표정으로 무릎을 쳤다.

땅의 정령왕이 된 셰임에겐 미래를 보는 능력이 새로 생겼다. 어쩌면 대지의 기억을 읽다가 그로 인해 벌어질 앞날까지 미리 보았을지도 모른다.

바일의 죽음이 얽힌 참담한 비사였다. 향후 어떤 끔찍한 사태가 일어날지 지금으로선 아무도 장담할 수가 없었다.

만약 정말로 셰임이 미래를 보았다면, 함부로 말하지 못하는 점도 어느 정도 이해가 되었다. 그것이 그 나름의 바율을 지키는 방법일 수도 있을 테니.

과연 셰임은 무엇을 본 것일까.

뭐가 됐든 나쁘지 않은 결말이기만을 바라는 게 현재로선 그들이 할 수 있는 최선이리라.

"컹!"

잉그리드의 깃털에 배를 대고 엎드려 있던 무하가 벌떡 일어나 짖은 것은 그때였다. 녀석이 바율의 어깨에 턱을 괴고는 꼬리를 팔랑거렸다.

"무하, 다 잤어?"

바율이 상념에서 빠져나오며 손을 올려 녀석의 머리를 쓰다듬었다. 그 손길이 마음에 들었는지 무하가 애교를 부리며 비비적거렸다.

"응? 뭔 소리야? 숲이라니?"

세임 때문에 더욱 복잡해진 머릿속을 애써 정리 중이던 에이단은 문득 들려온 무하의 말에 목을 길게 빼며 시선을 들었다.

"어라? 저게 뭐지?"

그런 녀석의 눈에 기이한 광경이 들어왔다.

"랑트에…… 웬 숲? 내 눈이 잘못된 거 아니지?"

"뭔 헛소리야? 숲이라니?"

에이단의 뚱딴지같은 말에 일행도 그제야 이리저리 몸을 틀며 밑을 내려다보았다.

"진짜네……."

"여기 원래 바위투성이 아니었나?"

"우아, 랑트에 숲이 들어섰어요!"

"랑트는 척박한 땅에 돌로 이루어진 도시라고 들었는데."

리타의 외침 뒤로 의아해하는 알레그리아의 음성이 이어졌다. 돌공예 예술품이 그래서 생산되는 게 아니었나?

"무하가 숲이 있어서 좋단다. 밀림이 내심 그립긴 한가 봐."

한때 버려진 땅이었던 랑트는 뜨거운 온천수와 세계수, 그리고 사대 정령으로 인해 지금은 제국에서 가장 유명한 관광 도시로 각광을 받고 있었다.

더운 여름에는 서늘한 그늘을 찾아, 추운 겨울에는 따뜻한 온천욕을 하기 위해 사시사철 많은 사람으로 붐비는 명실공히 최고의 인기 도시였다.

하나 친구들은 분명 이번 여름까지만 해도 저런 지형을 본 적이 없었다.

랑트와 가까워질수록 본격적으로 드러나는 숲의 전경에 일행은 전부 말문이 막혔다. 도시를 중심으로 특히 서쪽 지대는 완전한 삼림 구역으로 변모해 있었다.

빽빽하게 솟은 나무 위로 소복하게 쌓인 하얀 눈이 정말이지 한 폭의 명화처럼 아름답기 그지없었다.

"바율, 혹시 이거……?"

그때, 라나사는 문득 엘프들을 떠올렸다. 오랜 세월 삶의 터전이었던 정화의 숲을 과감히 버리고 랑트로 대이동을 했던 엘프족.

숲의 종족이라고도 일컬어지는 그들에겐 나무와 풀의 힘을 사용할 수 있는 능력이 있다고 들었다.

하지만 아무리 그렇다고 하나, 고작 몇 개월 만에 저런 숲을 조성하는 게 진정 가능하단 말인가?

"글쎄……."

바율도 놀라긴 매한가지였다. 그가 허락했던 일이기에 예상은 했지만, 기실 그 짧은 시간에 이 정도로 변할 줄은 몰랐다. 아니, 제아무리 엘프족이라고는 해도 이건 누군가의 도움이 있지 않고서는 불가능했다.

"셰임이죠?"

바율이 공중에 대고 대뜸 중얼거렸다. 그러자 셰임이 곧 모습을 드러냈다. 어젯밤의 비밀스러운 만남 탓에 괜히 찔린 친구들이 흠칫 몸을 떨었지만, 다행히 이번에도 바율은 눈치채지 못했다.

"바율이 좋아할 것 같았습니다."

사실 얼마 전까지만 해도 랑트의 숲은 이 정도의 규모가 아니었다. 세계수의 생명력과 엘프들의 노력으로 묘목 수준까지는 만들 수 있었으나, 이렇게까지 탈바꿈한 것은 셰임의 능력 덕이었다.

"고마워요, 셰임."

셰임은 보통 무언가를 하기 전에 바율에게 먼저 허락을 받는 편이었다. 그런 그가 말도 하지 않고 이런 일을 행했다는 건 아마도 바율에게 깜짝 선물을 하고 싶었기 때문일 것이다.

천계와의 일로 매일같이 고심하는 그에게 잠시라도 기쁨

을 주기 위해서.

정령과 감정을 공유하긴 하지만, 일부러 말하지 않는 이상 모든 것을 알 수는 없었다.

자신을 위로하고자 이렇게까지 해 준 셰임의 마음 씀씀이에 바율은 새삼 뭉클한 감정마저 느꼈다.

"셰임 덕택에 랑트가 훨씬 멋진 도시가 되었네요."

바율의 연이은 칭찬에 셰임의 얼굴이 홍당무처럼 붉어졌다. 어제 보았던 것과는 판이한 그 모습에 에이단은 어쩐지 배신감마저 들었다.

과거에 묻혀 있던 끔찍한 비사를 홀로 알게 되고 극심한 스트레스에 시달렸던 터라 더 그랬다.

지금이야 데스와 친구들도 알게 되어 부담이 덜하지만, 처음 하루는 공포스럽기까지 했다.

"쿠우우!"

에이단이 남몰래 셰임을 쏘아볼 때, 잉그리드가 긴 울음을 토했다. 목적지에 도착했다는 뜻이었다.

어느덧 그들의 발아래에 세계수가 우뚝 서 있는 팔레즈 호텔이 보였다.

"다들 꽉 잡아. 착지할 거야!"

에이단의 말이 끝나기가 무섭게 잉그리드가 빠른 속도로 하강했다.

"꺄아아!"

리타가 웃음인지 비명인지 분간이 가지 않는 소리를 내지르자 데스가 염려 말라는 듯 녀석의 어깨에 손을 얹었다.

쿠웅!

그리고 잠시 후, 언제나처럼 잉그리드가 안전하게 호텔의 옥상에 착지했다. 그러자 기다렸다는 듯 한 여인이 다가와 공손히 인사했다.

"오셨습니까, 영주님."

랑트의 관리소장인 마샬이었다. 템페스타를 통해 오늘 도착할 거라고 미리 전갈을 보내긴 했지만, 옥상으로 마중을 나와 있을 거란 생각까지는 하지 못했기에 바율은 서둘러 내려섰다.

"잘 있었죠, 마샬?"

"물론입니다."

마샬은 바율뿐 아니라 일행에게도 하나하나 눈을 맞추며 예를 갖춰 인사했다. 템페스타에게 무하에 대한 언급도 부탁했었기 때문인지 그녀는 녀석을 보고 조금도 놀라지 않았다.

보통은 알고 있더라도 무하의 큰 덩치를 보면 주춤거릴 법도 한데, 역시 보통 여인은 아닌 듯했다. 하긴, 그러니까 이 큰 도시를 이토록 잘 관리하는 거겠지만.

"며칠 내 바로 황도로 떠나셔야 한다고 들어 그에 맞춰 일정을 보실 수 있도록 조절해 두었습니다."

"잠잘 시간은 있는 거겠죠?"

바율의 농담 섞인 물음에 마샬이 눈웃음을 지으며 대답했다.

"그럼요. 당연하죠. 영주님의 건강을 최우선으로 여기고 짰습니다. 늘 계시던 곳에 미리 다과를 마련해 두었으니, 편히 쉬시다 내려오십시오."

마샬이 간식거리를 준비해 둔 장소는 세계수가 자리한 곳이었다. 바율이 랑트에 오면 가장 먼저 바일과 시간을 보낸다는 것을 관리소장인 그녀가 모를 리 없었다.

"저는 밑에서 기다리고 있겠습니다. 손님들께서도 가실까요?"

마샬은 매우 자연스럽게 바율을 남기고 친구들을 객실로 이끌었다. 리타가 조금은 미련스럽게 세계수로 향하는 바율의 뒷모습을 바라보았지만, 애써 발걸음을 호텔로 돌렸다. 형제끼리의 회포를 풀 시간을 주어야 한다는 생각에서였다.

"무하, 너도 이리 와. 나랑 숲이나 가자."

바율의 꽁무니를 쫓아가려는 무하의 목덜미를 잡고 에이단도 마샬을 따라 건물 안으로 들어갔다. 숲에 가잔 말 때문인지 약간의 몸부림을 치던 무하가 이내 순순히 따라나섰다.

"나도 같이 가. 그리아, 너도 갈 거지?"

하늘에서부터 숲의 상태가 궁금했다. 라나사가 묻자 알레그리아가 당연하다는 양 고개를 끄덕였다.

"나도 가."

어쩐 일인지 퀸 또한 답지 않게 일행에 합류했다.

방학 때마다 찾는 팔레즈 호텔 내부는 변함이 없었다. 여전히 깨끗하고 화려하며 많은 손님으로 북적였다. 그런 곳에 커다란 몸집을 자랑하는 무하가 로비에 들어서자, 순식간에 이목이 집중되었다.

그 시선들은 그들이 숲으로 완전히 들어오고 나서야 겨우 사라졌다.

"그러고 보니 엘프들이 전처럼 눈에 띄진 않네? 다들 숲에 있는 건가?"

"아마도 그러지 않을까?"

나무들이 내뿜는 특유의 향이 폐부 깊숙이 스며들었다. 그에 신이 났는지, 무하가 엄청난 속도로 땅을 박차며 숲 안쪽으로 뛰어 들어갔다.

"셰임, 이제 좀 나와 보죠."

그때 별안간 퀸이 멈춰 서더니 셰임을 불렀다.

"뭐야, 너?"

"갑자기 셰임은 왜?"

"어제 듣지 못한 얘기, 난 마저 들어야겠어."

퀸은 군이 어제처럼 땅을 두드리거나 하지 않았다. 그는 마치 자신이 부르면 셰임이 나올 거라는 확신에 차 있는 듯했다.

그리고 그건 사실이었다. 셰임이 정말로 그들 앞에 다시 모습을 드러낸 것이다. 이번에도 부끄러워하는 기색은 온데간데없었다. 무표정한 셰임은 어딘가 섬뜩한 느낌마저 주었다.

"단도직입적으로 묻겠습니다."

퀸은 망설이지 않고 물었다.

"미래를 보았습니까?"

"……."

"그 미래에서 바율이 고통스러워하던가요?"

"……."

"셰임이 계속 입을 다물면 나도 무슨 짓을 할지 모릅니다. 난 바율을 지킬 거예요."

퀸의 말은 거의 협박에 가까웠다. 원하는 답을 듣지 못하면 사고라도 칠 기세였다.

그에 무슨 심경의 변화라도 있었던 걸까.

아니면 바율을 지킬 거란 녀석의 말 때문이었을까.

잠자코 있던 셰임이 또다시 이해할 수 없는 발언을 했다.

"바율을 멈출 수 있는 건 오로지 그의 형뿐입니다."

"…형이라면 바일을 말하는 겁니까?"

퀸이 빠르게 재차 물었지만, 이번에도 셰임은 그 말만을 남긴 채 흔적 없이 사라졌다. 도무지 해석이 안 되는 그 말에 친구들은 그저 멍하게 서 있을 따름이었다.

3.

옥상에서 내려온 바율의 첫 업무는 그가 자리를 비운 동안 영지 내에서 이뤄졌던 중요 사항을 보고 받는 일이었다.

역시나 예상대로 가장 주된 주제는 서쪽 지대에 생긴 산림이었다.

"드로이언 족장님을 비롯한 엘프 일족들은 전부 숲속으로 거처를 옮겼습니다. 종종 생활에 필요한 물품들을 구하러 시내에 나오기는 하지만, 이전처럼 엘프족을 자주 목격하긴 어려워졌습니다."

"그들을 보러 랑트를 찾는 손님들도 있을 텐데, 아쉽게 됐군요."

"아, 그건 꼭 그렇지만도 않습니다."

마샬이 방긋 웃으며 들고 있던 서류철에서 종이 한 장을 꺼내 바율 앞에 내려놓았다.

"엘프족과 맺은 계약서입니다."

"…계약이요?"

바율은 의아해하며 계약서를 들었다.

"엘프 마을…… 체험해 보기? 이게 뭡니까?"

"읽으신 내용 그대로입니다. 오래전 자취를 감추었던 엘프 일족이 다시 인간계에 나타났습니다. 낡은 고서로만 전해졌던 신비한 종족이, 여기 이 랑트에 말이지요."

마샬은 서류철에서 종이 한 장을 다시 꺼내 바율에게 건넸다.

"지난 일 년간 랑트를 찾은 관광객 수치를 표로 정리해 보았습니다."

그간 서류에 적힌 숫자만 읽다가 도표를 보니 대번에 눈에 확 들어왔다. 꾸준한 상승세를 그리던 선의 형태가 어느 한 지점부터 폭발적으로 증가했다. 엘프족이 등장한 시점이었다.

"어떻게 하면 관광객의 호기심을 만족시킬 수 있을까 고민하던 찰나, 가르디엥 님께서 먼저 제안해 주셨습니다. 인간들이 직접 엘프 마을을 방문해 보는 건 어떻겠냐며."

"가르디엥 님이요?"

"네. 그것도 흔쾌히요."

"엘프족은 대단히 폐쇄적인 집단이라고 들었는데……
이거 진짜 괜찮겠습니까?"

엘프들이 랑트에 온 이유는 순전히 세계수 때문이었다.
세계수를 지키는 일이 그들의 사명이었기에. 그런 그들에
게 원치 않는 타 종족과의 접촉은 분명 달갑지 않을 터였
다.

게다가 나무와 풀을 사랑하는 그들은 숲이 훼손되는 것
을 참을 수 없어 했다. 마을 체험을 하기 위해 사람들이 몰
려든다면 그들의 터전인 산림이 상할 수도 있었다.

그러다 마찰이라도 생긴다면?

생각만 해도 골치 아픈 일이었다.

"더는 그리 살지 않으시겠다고 말씀하시더군요. 엘프족
은 앞으로 인간과의 공생을 목표로 하시겠다는 공표까지
하셨습니다."

"설마 드로이언 족장님이 직접 말입니까?"

"네, 영주님. 물론 이곳 랑트에서만이라는 제한이 있기
는 합니다만."

"쉽지 않은 결정이셨을 텐데…… 이걸 참, 어떻게 받아
들여야 할지 난감하네요."

바율은 괜히 저 때문에 한 일족의 생활 양식까지 바꾸게 된 것 같아서 기분이 묘했다. 고마우면서도 미안한, 한마디로 표현하기 어려운 감정이었다.

"세계수를 찾아 이곳에 와 머무르겠다며 통보한 건 엘프들입니다. 영주님께 허락도 받기 전에 말이죠. 그런 그들이 자신들의 행동에 책임을 지려 하는 것뿐이니 특별히 죄책감이라든가 부담감을 느끼실 필요는 없다고 생각합니다."

"그건 그렇지만, 삶의 방식을 바꾼다는 게 그리 쉽지만은 않을 겁니다."

"그런 점이라면 전혀 염려하지 않으셔도 될 것 같은데요?"

마샬이 또다시 서류 하나를 내밀었다.

"시간 되실 때 찬찬히 읽어 보십시오. 프로그램이 아주 다양합니다. 그분들도 나름대로 재미를 느끼시는 게 분명해요."

바율은 무심코 훑어 내리다가 저도 모르게 헛웃음을 터뜨렸다.

"엘프처럼 피부가 하얘지는 방법? 이게 체험 프로그램 이름입니까?"

"기획 단계이고, 아직 정식으로 광고하지는 않은 상태입니다. 워낙에 의견들이 많아서 몇 가지로 추리는 중입니다. 참고로 전부 엘프들이 손수 고안한 것들입니다."

프로그램의 종류는 굉장히 다양했다.

　　나는 엘프다.
　　엘프에게 물어봐.
　　엘프의 맛.
　　노는 엘프.
　　슬기로운 엘프 생활.

　제목들도 정말이지 각양각색이었다. 이걸 다 엘프들이
직접 만들었다는 데서 바율은 순간 할 말을 잃었다. 그런
한편으로는 그래도 안심이 되기는 했다.
　"그나저나 다들 어디 갔습니까?"
　바율은 피식거리며 서류를 내려놓았다.
　사대 정령들이야 늘 그렇듯 랑트에 오면 도시 정비부터
시작했을 터였다. 리타와 마족들도 온천을 하러 갔을 게 뻔
했고. 나머지 친구들과 무하는 뭘 하고 있을지 내심 궁금했
다.
　"아까 숲으로 가시는 것 같았습니다."
　"숲에요?"
　"네, 어떻게 조성되었는지 궁금해하시는 눈치였습니다.
그 무하라는 짐승도 친구분들과 함께였습니다."

"아."

바율은 대충 짐작이 갔다. 밀림을 그리워할 무하를 위해 숲에 간 게 분명하다.

"저도 잠시 다녀와도 됩니까? 역시 안 되겠죠……?"

책상에 쌓인 서류 더미를 내려다보며 바율은 어색하게 웃었다. 오늘 밤을 새도 결재 사인을 다 끝내지 못할 텐데, 바보 같은 질문이었다.

"안 되긴요. 당연히 됩니다."

"헉! 그럴 시간이 있다고요?"

"영주님께서 오랜만에 영지에 오셨는데 당연히 달라진 부분을 살펴보셔야지요. 한 시간 정도면 가능하십니다."

"고마워요, 마샬!"

꿀맛 같은 시간이 주어졌다. 바율은 벌떡 일어나 쏜살같이 빠르게 집무실을 뛰쳐나갔다. 문밖에 서 있었던 이언이 무슨 일이냐는 양 그녀에게 눈으로 물었지만, 마샬은 빙그레 웃을 뿐이었다.

4.

"이제라도 바율에게 말하자."

셰임이 가고 난 이후에도 친구들은 좀처럼 자리를 뜰 수 없었다. 각자 바위와 흙바닥 등 아무 곳에나 걸터앉아서 이 사태를 어찌 수습해야 할지 고민에 빠졌다.

"에이단, 너 미쳤어? 그걸 들으면 바율이 어떻게 나올 줄 알고!"

"아니, 내가 곰곰이 생각해 봤거든? 근데 바율을 멈출 수 있는 게 바일뿐이라잖아."

"그게 뭐?"

"그게 뭐는! 우리가 있는 여기, 뭐가 있는지 잊었어?"

"에이단, 너 그거 설마…… 세계수를 말하는 거니?"

라나사의 물음에 에이단이 맞는다는 듯 열심히 고개를 주억였다.

"세계수가 사실은 바일 그 자체라고 했었잖아. 그러니까 바율한테 말해도 되지 않을까? 더 늦기 전에 서둘러 말하는 게 나을지도 몰라!"

"너 바보냐?"

퀸이 어이없다는 눈빛으로 에이단을 노려보았다.

"세계수가 된 바일이 바율을 어떻게 말릴 건데? 어차피 그건 상징적인 의미일 뿐이야. 어떤 물리적인 힘도 발휘할 수 없다고. 바율의 형은 엄연히 정령계에 있어!"

"그럼 퀸 네 생각은 뭔데? 정령계에 있는 바일이 바율을

무슨 수로 막아? 어차피 정령계가 복원되기 전엔 불가능한
거 아니야?"

"어쩌면 그게 정답일 수도."

"…뭐?"

내내 조용하던 알레그리아가 자못 심각한 어조로 끼어들
었다.

"셰임은 미래를 본 게 분명해. 그러니 바일을 직접 거론
한 거겠지."

"무슨 뜻이야?"

"바율이 형을 만날 방법은 알다시피 한 가지뿐이야. 정
령계가 복원되어 통로가 열리는 것."

"그리아, 정령계가 복원되려면 템페스타가 정령왕이 되
어야 하는 건 알고 하는 말이지?"

"물론이야."

그게 핵심이라는 듯 알레그리아의 금안이 빛났다.

"내 말은, 템페스타가 먼저 정령왕이 되어야 한다는 뜻
이야. 그게 언제일지 모르겠지만, 당연히 시간이 더 흐른
뒤겠지. 셰임이 말을 아끼는 건 그래서가 아닐까? 바율을
바로 멈출 수는 없어서."

"…그렇게 되면 바율이 형을 만날 수 있으니까, 진실을
알고 분노하는 녀석을 바일이 멈추게 할 거다?"

"잠깐만. 나 듣다 보니까 갑자기 의문이 생겼어."

별안간 에이단이 손을 번쩍 들었다.

"바일은? 바일은 자기가 살해당했다는 걸 알고 있을까?"

"그건 당연히 모르는 거 아니었어?"

"그게 왜 당연한데?"

"네가 직접 재스퍼의 기억을 보았다면서. 그럼 강물로 떠밀리기 전에 바일이 무슨 표정이었는지 봤을 거 아냐. 그때 녀석이 놀라는 얼굴이었으면 네가 이미 말했겠지."

"음…… 사실 그건 좀 흐릿해."

"흐릿하다고?"

"어. 재스퍼가 배를 차여서 혼절하기 직전에 어렴풋이 본 게 전부였거든. 바일이 힘겹게 뭍으로 오르던 거랑 놈들의 발만 생각나."

당시를 떠올리자 에이단은 절로 주먹이 쥐어졌다. 그런 짓을 벌이고도 뻔뻔스럽게 '지키겠다'며 바욜 곁에 있는 놈들이었다. 한시라도 빨리 녀석들을 족치고 싶어서 몸이 근질거렸다.

"헐, 뭐야. 바일은 그럼 자기를 죽게 만든 인물이 누구인지 모를 수도 있다는 거야? 그러고 보니 전에 바욜 어머니가 잠시 오셨을 때도 아무 말씀 없으셨어. 그걸 보면 모르는 건가 싶기도 하고…….”

“일부러 말하지 않았을지도 모르지.”

싸늘한 퀸의 말투에 친구들이 일제히 그를 돌아보았다.

“진실을 알고 아파할 가족을 위해 침묵했을 수도.”

바일을 만난 적은 없지만, 왠지 바율의 형이라면 그런 선
택을 할 수도 있었을 거란 생각이 퀸은 불현듯 들었다.

“뭐가 됐든지 간에, 그 형제 새끼들은 절대 곱게 보내지
않을 거야.”

바일이 알고 있든 아니든, 그가 죽임을 당했다는 결론은
변하지 않았다. 라나사는 당장이라도 놈들을 잡아다가 사
지를 잘라 버리고 싶은 충동에 휩싸였다.

“하아. 대체 어떻게 하면 템페스타가 정령왕이 될 수 있
을까? 녀석이 정령왕이 되기 전까진 꼼짝없이 이렇게 지내
야 한다는 거잖아. 너희는 여기서 더 버틸 자신 있어?”

지난 이틀 동안 바율을 피해 다니느라 에이단은 거의
녹초가 되었다. 그나마 친구들과 비밀을 공유해서 다행이
지, 아니었다면 진즉에 어딘가로 도망을 쳤을지도 몰랐
다.

“셰임 말 그새 잊었어?”

“지금으로선 절대 바율이 알아선 안 돼. 녀석이 받을 충
격을 생각하라고.”

"맞아. 강물에 빠져 죽은 줄 알았던 형이 실은 누군가의 손에 죽임을 당한 거였다니. 녀석이 알면 절대 온전한 정신을 유지할 수 없을 거야."

"심지어 숙부와도 연관이 있잖아."

"그래. 아직 확실하진 않지만, 그걸 정말 녀석의 숙부가 사주한 거라면……!"

앞니로 손톱을 잘근잘근 씹던 에이단이 무심코 허공을 향해 고개를 들었다가 그대로 굳어 버렸다.

거기엔 지금 이 자리에 있어서는 안 되는 존재, 바율이 둥실 떠 있었다. 그것도 안색이 하얗게 질린 채.

"뭐야, 왜 그래?"

"뭘 보고 그렇게 놀라?"

에이단을 따라 시선을 가져가던 일행 역시 약속이라도 한 듯 동시에 숨을 훅 들이켰다.

"바, 바율!"

"네, 네가 여기에 왜……!"

심지어 천족인 알레그리아마저 바율이 이토록 가까이 다가온 것을 인지하지 못했다. 결계를 쳤기에 경계에 소홀해진 데다 바율이 친구들을 깜짝 놀라게 할 작정으로 은신에 신경을 쓴 탓이었다.

바율이 천천히 바닥으로 내려섰다.

"형의 죽음이 리암 숙부와 연관이 되어 있다는 게 정확히 무슨 소리야?"

바율의 고저 없는 탁한 음색이 조용한 숲속을 울렸다. 그런 녀석의 얼굴은 이제껏 본 적 없는 표정을 하고 있었다.

Chapter 5.
진실 앞에서

1.

"히끅!"

에이단이 서둘러 입을 틀어막았지만, 튀어나오는 딸꾹질까지 멈출 순 없었다. 너무 놀란 탓인지 정신이 다 혼미했다.

좀 더 신중했어야 했는데, 하는 후회가 뒤따랐으나 이미 물은 엎질러진 후였다.

"에이단, 네가 얘기해 봐. 대체 재스퍼한테서 뭘 들은 거야?"

바율의 말투는 일견 꽤 침착해 보였으나, 눈빛만큼은 그렇지 못했다. 저를 향한 바율의 고압적인 시선에 에이단은 자신도 모르게 꿀꺽 침을 삼켰다.

"말 안 할 거야?"

바율의 한쪽 눈썹이 꿈틀거렸다. 그가 서서히 몸을 돌리며 친구들의 얼굴을 하나하나 눈에 담았다. 마치 누구라도 좋으니 나서서 해명을 해 보라는 듯.

그런 녀석의 눈동자엔 어느덧 격렬한 열화가 피어오르고 있었다.

왜 아니겠는가.

친구들의 입에서 언급된 인물은 다른 누구도 아닌 바일이었다.

어머니의 배 속에서부터 함께 나고 자란 그의 유일한 형제. 몸이 약해 늘 빌빌거리던 그와는 달리 언제나 햇살처럼 빛나던, 하나뿐인 형.

바일의 보살핌이 아니었다면 결코 지금의 바율도 있을 수 없었다.

"퀸."

바율이 이번에는 퀸을 지목했다.

"……."

그러나 이때껏 바율이 묻는 것이라면 어떤 질문에도 막힘없이 답하던 그 역시 선뜻 입을 열지 못했다.

"라나사, 너도 마찬가지겠지?"

바율의 눈길이 어물거리는 라나사를 지나 알레그리아를

무심하게 지나쳤다.

"아무도 말할 생각이 없나 보구나."

분위기가 심상치 않음을 감지한 듯 무하는 어느새 땅에 궁둥이를 붙이고 얌전히 앉아 있었다.

"너희들이 정 그렇다면 하는 수 없지."

애초에 이게 가장 확실한 방법이었다. 그저 친구들의 입에서 나온 이야기이니만큼, 직접 들어 보고 싶었을 뿐.

"셰임."

바율의 나지막한 음성에 셰임이 금방 모습을 드러냈다.

"바율, 부르셨습니까?"

"내가 왜 불렀는지 알고 있죠?"

친구들이 나누던 대화 속에는 셰임도 등장했다. 힐책이 담긴 바율의 대꾸에도 셰임은 고개만 숙일 뿐, 아무런 변명도 하지 않았다.

그가 놀라서 얼어붙은 친구들과 다른 게 하나 있다면, 이 모든 걸 예상했다는 양 큰 감정의 동요가 없다는 점이었다.

"대지의 기억을 보여 주세요. 그날, 형이 사고로 죽었던 당시에 정확히 무슨 일이 있었는지."

"바율!"

여태 입을 꾹 다물고 있던 퀸이 다급히 외쳤다.

기실 그 일은 사고가 아닌 사건이었다.

진실을 알고 나면 바율은 어떤 식으로든 상처를 입을 수밖에 없었다. 녀석의 숙부와 관계가 있든지 없든지 간에 말이다.

"지금 이런 말을 꺼내는 게 적절한지는 잘 모르겠지만, 그래도 일단 진정을 좀 하는 게 어때? 우선 호흡을 가다듬고……."

"퀸, 지금 진정이라고 했어?"

바율이 제게 언제 이렇듯 싸늘한 눈빛을 보인 적이 있었던가? 차가운 표정은커녕 제 말을 중간에 자른 적도 없었다.

날카롭게 날아와 박히는 녀석의 처음 듣는 날 선 목소리에, 퀸은 그제야 깨달았다.

현재의 바율은 그 누구도 말릴 수 없음을.

"셰임."

바율이 다시 한번 셰임의 이름을 불렀다. 이어지는 다른 말은 없었으나, 그것으로 충분했다.

지면을 뒹굴고 있던 나뭇잎과 돌멩이 등이 허공으로 떠올라 이내 어떤 형상을 만들었다. 그리고 바율이 기억하고 있는 바로 문제의 그 날이 펼쳐졌다.

"혀, 형……!"

"바일! 바일!"

초반은 로건이 제 잘못을 고백했던 바와 같았다. 심약했던 바율은 눈앞에서 사라진 형으로 인해 그대로 혼절했고, 물속에서 갓 구조된 로건은 기운이 빠져 몸을 제대로 가누지도 못한 채 바일의 이름만 목 놓아 부르짖었다.

"왈왈!"

그런 둘을 대신해서 어린 재스퍼가 미친 듯이 짖으며 강둑을 따라 달렸다.

가드견이라고는 하나, 태어난 지 고작 몇 달도 되지 않은 어린 강아지였다. 툭 튀어나온 돌부리와 나뭇가지에 걸려 넘어지고 또 넘어지면서도 녀석은 끝끝내 제 주인을 포기하지 않았다.

"왈왈! 왈왈왈!"

마침내 바일이 수중에 뻗은 나무뿌리를 잡고 뭍으로 올라왔을 때, 재스퍼는 여기저기 찢긴 상처에도 아랑곳하지 않고 기뻐서 날뛰었다.

그러나 그 기쁨은 오래가지 못했다.

"크르릉!"

갑작스레 나타난 검은 그림자가 재스퍼의 작은 몸뚱이에 음영을 드리웠다.

"…리자이?"

그 주인공의 얼굴을 확인한 바율의 눈가에 미세한 주름
이 생겼다. 상상치도 못한 인물의 등장에 멍해지는 찰나,
그의 동생인 리바이까지 모습을 드러냈다.

"어린놈이 꽤 당돌하군."

"제 주인이다, 그건가."

비릿하게 웃음 짓는 그들은 그간 바율이 알고 있던 이들
이 아닌 것 같았다. 늘 무표정하긴 했어도, 이토록 비열하
고 경박한 모습은 한 번도 본 적이 없었다.

"케겍!"

리자이의 발길질에 어린 재스퍼가 나가떨어졌다. 부르르
몸을 떤 녀석은 곧 기절했고, 그들의 다음 표적은 가까스로
뭍으로 올라온 바일이었다.

"허헉! 헉헉!"

바일은 누가 봐도 정신이 없어 보였다. 간신히 강물에서
빠져나온 그는 숨을 쉬는 것만으로도 벅찬 듯했다. 그러다
재스퍼의 비명에 고개를 젖히는 순간, 거대한 발이 그를 덮
쳤다.

"바일!"

바율이 거친 호흡을 삼키며 주저앉았다. 그런 녀석의 눈에서는 언젠가부터 눈물이 쉴 새 없이 흘렀다.

형은 살 수 있었다.

자신을 구한 뒤 강물에 휩쓸려 떠내려갔지만, 포기하지 않고 끝내 제 손으로 직접 뭍까지 올라섰다.

"리자이…… 리바이……!"

바율이 짓씹듯 형제의 이름을 중얼거렸다. 재스퍼가 그들 형제를 보고 짖은 이유가 이제야 비로소 이해가 되었다. 여태 그것도 모르고 애꿎은 재스퍼만 탓했다.

"감히 내 형을…… 바일을……!"

감당할 수 없는 분노가 바율의 전신에서 피어올랐다. 겨우 살았다고 안심했을 바일이 놈들의 발길질에 다시금 강물로 빠졌을 때, 얼마나 두렵고 절망적이었을까.

그것을 상상하자 살이 찢기고 심장이 도려지는 듯 아팠다. 대지의 기억을 보고 있노라니 당시에 형이 느꼈을 공포가 그대로 전달되는 듯했다.

"죽여 버리겠어."

바율의 잿빛 눈동자가 살의로 번뜩이는 순간이었다. 돌연 사악한 말소리가 들려왔다.

"주군께서 좋아하시겠지?"

"눈엣가시 같던 존재를 치워 줬으니 상을 내리실지도 몰라."

리자이, 리바이 형제가 키득거리며 날래게 어딘가로 이동했다. 그에 따라 무대 배경이 빠르게 바뀌었다. 바율에게도 익숙한 그 공간은 다름 아닌 리암 숙부의 저택이었다.

"…무슨 헛소리를 하는 거지? 누가 죽어?"

되묻는 숙부의 음성에 바율뿐 아니라 친구들도 잔뜩 긴장한 채 대지의 기억을 주목했다. 세임이 그들에겐 끝까지 숨기려고 했던 중요한 장면이 재생되고 있었다.

"바일 말입니다."

"강물에 빠져 허우적거리다가 겨우 올라온 걸 저희가 다시 밀어 넣었습니다."

"지금쯤이면 아마 완전히 숨이 끊어졌을 겁니다."

리자이, 리바이 형제는 아주 자랑스럽게 당시 상황을 설명했다. 하나, 둘의 얘기가 점점 뒤로 갈수록 리암의 반응은 그들의 예상과 다르게 흘러갔다.

"네, 네놈들이 감히 나의 조카를 죽였다 말하는 것이냐? 살인을 저질렀다 자백하는 것이야?"

"…원하시는 바가 아니었습니까?"

"저희는 그저 명대로 하였을 뿐인데요."

"무어라? 명?"

그들 형제는 리암이 어릴 적 손수 거둔 수하들이었다. 즉, 명을 내릴 수 있는 이는 온전히 그뿐이라는 뜻이었다.

하나 그는 조카를 죽이라 명한 적이 결단코 없었다.

그에 리암이 황당해하자 리자이가 말했다.

"바일 도련님만 없으면 좋겠다고 그리 말씀하시지 않았습니까?"

"내가 언제……!"

"다른 사람은 몰라도 소인은 압니다. 주군께서 감추신 속내가 무엇인지."

리암의 두 눈이 요동쳤다. 대지의 기억이 그의 얼굴을 확대하자 당황한 모습이 고스란히 비쳤다.

"바율 도련님은 어차피 오래 살지 못할 거라 신전 측에서 말하는 걸 들었습니다. 게다가 이제 바일도 없으니, 다음 공작 위는 자연히 주군의 것입니다."

리자이의 단언에 리암은 아무 대답도 하지 못했다. 대지의 기억으로 그의 속마음까지 읽어 낼 수는 없었다. 조카의 죽음을 전해 들은 그는 그저 얼이 나가 보였다.

"이거…… 아니지? 그치?"

바율이 어색한 동작으로 친구들을 돌아보며 물었다. 그런 녀석의 눈엔 여전히 눈물방울이 맺혀 있었다.

믿을 수가 없었다. 형의 죽음과 얽힌 사건에, 어째서 리암 숙부가 나올 수 있단 말인가. 왜 하필.

바일을 잃고 슬퍼하는 그를 제일 먼저 안아 준 게 바로 리암 숙부였다. 그 감정만은 결코 거짓이 되어서는 안 된다.

바율이 아는 한, 그의 숙부는 권력을 탐해 이런 짓을 행할 사람이 절대 아니었다.

"저들이 멋대로 그런 거야. 작은아버지는 관계가 없으신 게 분명해!"

조카의 죽음에 리암이 놀란 것만은 분명했다. 리자이, 리바이 형제는 명대로 하였다고 했지만, 리암의 태도로 보건대 그건 단언하기 어려웠다.

아직은 그 무엇도 확신할 수 없었다.

"어어? 또 바뀌는데?"

대지의 기억은 계속되었다. 바율이 '아닐 거야' 하며 제가 본 바를 부정하는 사이, 다시금 무대가 달라졌다.

"저기는……?"

문제의 장소는 바일이 리자이, 리바이 형제의 발길에 무참히 강물 속으로 빠졌던 바로 그곳이었다. 이번에는 그들 형제와 리암이 함께였다.

"너희가 캐링스턴으로 가거라."

"캐링스턴이라 하시면……."

"그래, 가서 바율의 일거수일투족을 낱낱이 감시하도록."

"혹, 저번처럼 기회를 봐서……."

형제는 뒷말을 흐렸다. 리암은 가타부타 응답하지 않았지만, 굳은 표정이 무엇을 의미하는지는 충분히 예측 가능했다.

바일의 죽음이 뜻하지 않은 변수였다면, 바율의 죽음은 어느덧 그의 목적이 되어 있었다.

"바, 바율……."

대지의 기억은 그것이 마지막이었다. 허공에서 뭉쳤던 흙과 돌덩이들이 서서히 본래의 자리로 돌아갔다.

리암이 모든 일의 흑막이었음이 비로소 명명백백히 드러난 것이다.

다들 긴장의 눈초리로 바율을 지켜보았다.

숙부의 짓이 아닐 거라 열심히 부정하던 바율이, 지금은 쥐 죽은 듯 고요했다.

그런 녀석의 얼굴은 마치 빛이 꺼진 것처럼 어둡게 침잠해 있었다.

2.

"형님, 저 왔습니다."

"왔느냐?"

리암이 들어서자 공무 중이던 란데르트 공작이 기다렸다는 듯 일어섰다.

"낮부터 저는 무슨 일로 찾으셨습니까?"

"앉을 필요 없다."

평소처럼 소파로 직행하던 리암이 의아한 눈으로 제 형을 바라보았다. 그러던 그의 표정이 공작의 다음 말에 삽시간에 굳어졌다.

"데릭에게 함께 가자꾸나."

"…그러자고 부르신 겁니까?"

"황태자 전하의 약혼식이 끝나면 바로 드와이어트 제국으로 돌아간다고 들었다. 밀리카와 릴리스는 베르가라에서 만날 수 있겠지만, 이번에 가면 데릭을 또 언제 보겠느냐."

"그런 건 제가 알아서 합니다. 형님은 신경 쓰지 마십시오. 괜한 참견이십니다!"

"리암."

차갑게 대꾸하며 돌아서는 동생의 어깨를 란데르트 공작이 붙잡아 세웠다.

"그러지 말거라. 왜 이렇게 독하게 굴어? 자식과 인연이라도 끊을 참이냐?"

"할 수만 있다면 벌써 그리했을 겁니다."

리암은 주먹을 그러쥐며 간신히 화를 억눌렀다.

"그딴 못난 녀석, 형님께서도 더는 찾지 마십시오!"

"어리석은 소리!"

공작이 노여운 말투로 동생을 나무랐다.

"설령 데릭이 죽을죄를 지었다 해도 네 아들이고, 나의 조카다! 더욱이 녀석은 충분히 제 몫의 벌을 받고 있지 않으냐. 그런 상황에서 가족이라면 감싸 안아 주는 게 마땅하거늘, 어찌 계속 이러는 게야!"

"가족이면, 무슨 짓을 했든 다 용서해야 한다는 말씀입니까?"

리암의 시선이 돌연 삐뚜름해졌다.

"그렇다면 형님께선 제가 어떤 잘못을 했든, 그게 무엇이든 간에 전부 용서하실 수 있습니까?"

"당연히 그렇다마다."

"제가 죽어 마땅한 죄를 저질러도요?"

"…무슨 일이라도 있는 것이냐? 오늘 유난히 너답지 않구나."

란데르트 공작의 이마에 미세한 균열이 어렸다.

그러잖아도 먼 타국에서 고생하는 동생이기에 늘 미안함이 마음 한쪽에 자리하고 있었다. 믿고 맡길 인물이 리암뿐이라는 이유로 제가 너무 녀석을 괴롭힌 것은 아닌지, 새삼 걱정스러웠다.

"무례하였다면 죄송합니다."

형의 염려 섞인 말에 순간 리암의 눈빛이 잘게 떨렸다. 하나 그는 이내 흔들림을 갈무리하며 공작에게서 떨어졌다.

"아무튼, 전 먼저 가 보겠습니다. 안 그래도 바쁘실 텐데, 더는 시간 낭비하지 마십시오."

"정말 끝까지 고집부릴 테냐?"

"고집은 형님께서 부리고 계십니다."

"너라면 어떻게 했을 것 같으냐?"

"난데없이 무엇을 말입니까?"

"지금 옥에 갇혀 있는 게 바율이었다면 말이다. 녀석에게 화가 난 내가 너처럼 굴고 있다 치자. 그런 나를 넌 그냥 내버려 두었을 것 같으냐?"

"……."

리암이 답을 못하자 란데르트 공작이 그것 보라는 듯 이어 말했다.

"너 또한 마찬가지였을 게다. 아니, 더했겠지. 조카를 친자식처럼이나 아끼는 녀석이니까."

고개를 숙이는 리암에게 공작이 한 걸음 다가갔다.

"바일을 떠나보내고, 한동안 방황하던 나를 대신해서 네가 바율을 얼마나 끔찍하게 챙겼는지 잘 알고 있다. 네가 아니었으면 아마 바율은 못난 아비 때문에 지금보다 훨씬 더 힘들었겠지."

란데르트 공작은 그때 일만 생각하면 차마 말로는 다 표현할 수 없을 만큼 리암에게 고마웠다.

"그 일로 제수씨가 서운해하는 것 역시 안다."

"형님, 그건……."

"말 안 해도 된다. 제수씨의 심정도 충분히 이해하니까. 내가 보기에도 당시에 넌 바율에게 유난히 지극정성이었지."

공작은 과거에 우연히 동생에게 불같이 화를 내던 라메리스의 모습을 본 적이 있었다. 어떻게 친자식보다 조카에게 더 애정을 퍼부을 수 있냐는 이유에서였다.

그러나 그런 그녀의 말에도 그는 섭섭함을 느낄 수 없었다. 제 눈에도 그리 보였으니까.

"나도 그때의 너와 같다. 데릭을 모른 척할 수 없단 뜻이다."

란데르트 공작은 어르듯 말을 덧붙였다.

"녀석이 널 무척이나 보고 싶어 한다. 반성도 많이 했어. 형을 마치면 남은 생 동안 봉사 활동을 하며 살고 싶다고 말하더구나."

"그놈이 잘도 그러겠습니다."

부정적인 말과 달리, 리암의 눈빛은 그사이 많이 누그러져 있었다.

"아비인 네가 아들의 말을 믿지 않으면 대체 누가 녀석을 믿어 준단 말이냐? 그래도 이전과는 많이 달라졌으니, 녀석에게도 기회를 줘 보자."

공작은 이때다 싶어 더욱 열심히 설득했고, 마침내 리암에게서 못 이긴 척 답이 흘러나왔다.

"…알겠습니다."

"잘 생각했다."

란데르트 공작이 흐뭇한 눈길로 리암을 바라보며 서둘러 마차를 내오라 일렀다.

3.

"아버지!"

철로 된 무거운 문이 열리기도 전, 쇠창살 사이로 리암을 발견한 데릭이 한달음에 달려오며 외쳤다. 그에 란데르트 공작이 한발 뒤로 물러나며 리암에게 앞을 터 주었다.

"…잘 있었느냐?"

이 년이 넘도록 보지 못한 아버지였다. 리암의 첫마디에 습기가 차오르는가 싶더니, 이윽고 데릭이 울먹거리며 겨우 고개를 끄덕였다.

"죄송해요…….."

데릭은 건강해 보였으나, 확실히 전보다는 살이 좀 빠진 상태였다. 그것이 맘에 쓰인 듯 리암이 저도 모르게 착잡한 표정을 지었다.

아버지를 뵈면 할 말이 무척 많았거늘, 정작 마주하자 감정이 북받쳐선지 도통 입이 열리지가 않았다. 그런 조카를 위해 란데르트 공작이 나섰다.

"그래, 지난주엔 무얼 하며 시간을 보냈느냐? 여전히 서책에 몰두 중인가?"

"네, 큰아버지. 갖다 주신 서책의 양이 많아서 아직 좀 남았지만, 이젠 거의 다 읽어 갑니다."

데릭이 한 손으로 침대 옆을 가리켰다. 그곳엔 세 칸짜리 작은 책장이 있었는데, 텅 빈 가운데 칸을 제외하고 위쪽에 두 권, 아래쪽엔 스무 권가량이 빼곡히 채워져 있었다.

"오, 두 권밖에 남지 않은 모양이구나."

"어릴 때는 책이 별로 재미가 없었는데, 요즘은 술술 읽힙니다. 덕분에 그간 몰랐던 것도 많이 알게 되고, 하고 싶은 것들도 생기더라고요."

눈물을 지우며 또박또박 대꾸하는 아들의 모습을 리암이 생경한 눈으로 쳐다보았다.

공부는 물론이거니와 평범한 책조차 읽기를 매우 싫어하던 녀석이었다. 한데 못 본 사이에 너무나 달라졌다.

비단 지금의 모습도 직접 눈으로 보지 않았다면 믿지 못할 광경이었다.

게다가 하고 싶은 일이라니?

저 초롱초롱한 맑은 눈은 또 무어란 말인가?

술과 도박 같은 놀고먹는 것에만 관심 있던 한심한 녀석이 어쩌다 이리 변한 것인지, 신기하다 못해 어이가 없을 지경이었다.

"그러잖아도 내 그럴 것 같아 책을 몇 권 더 챙겨 왔다. 더 필요한 게 있으면 언제든 말하거라."

"감사합니다, 큰아버지."

란데르트 공작의 말이 끝나기가 무섭게, 옥사 관리 한 명이 책을 가져와 책장에 넣었다. 뿐인가. 탁자 위에는 그간 먹지 못했을 풍성한 식사가 차려졌다.

"오실 때마다 이러지 않으셔도 되는데……."

막상 입안에선 벌써부터 침이 고이고 있었지만, 데릭은 송구해서 어쩔 줄 몰라 했다.

"너만 특별 대접하는 것이 아니다. 옥에 갇힌 모든 이들에게 지급되니 부담 갖지 말거라."

죄 앞에선 누구도 특별 취급하지 않겠다 했지만, 막상 조카가 투옥되고 나니 란데르트 공작도 마음이 좋지 않았다.

거기에 녀석을 챙겨야 할 리암은 아예 방문조차 하지 않으니 심란하기가 이루 말할 수 없었다. 하여 대신 면회를 하게 되었고, 그때마다 감옥에선 먹기 힘든 음식들을 챙겨 왔다.

그 와중에도 형평성을 고려해야 했기에 다른 죄수들에게도 음식을 나누게 된 것이다.

"형님……."

란데르트 공작이 이렇게까지 데릭에게 신경을 쓰고 있는지는 몰랐던 터라 리암은 적지 않게 당황했다.

제 형은 올곧기는 하나 섬세하지 못해서 주변을 잘 돌보지 못한다 여겼거늘, 완벽한 오판이었다.

"왜, 감동했느냐?"

농 섞인 공작의 물음에 리암의 얼굴이 그제야 좀 펴졌다.

"그래, 그렇게 웃으니 얼마나 보기 좋으냐."

란데르트 공작은 비로소 안심이 되는 느낌이었다. 동생을 위해서도, 조카를 위해서도 지금 같은 시간이 오기를 얼마나 기다렸던가.

리암에게 형으로서 조금은 보답한 것 같아 다행이다 싶었다.

"그럼 둘이 오붓하게 대화 나누거라."

자리를 피해 줄 테니 오랜만에 부자끼리 회포를 풀라는 의미였다.

"나는 일이 있어 먼저 가 보마."

그렇게 공작이 먼저 일어설 때였다.

휘이잉!

어디선가 느닷없이 바람 한 줄기가 불어왔다. 건물 지하에 웬 바람인가 싶어 이상히 여기기도 잠시.

"……!"

별안간 느껴지는 살기 가득한 힘에 란데르트 공작은 본능적으로 기운을 끌어모아 동생과 조카를 감쌌다.

콰쾅!

동시에 감옥이 엄청난 굉음을 동반한 채 폭발했다. 벽이 무너지고 흙무더기가 쏟아져 내렸다. 여기저기서 비명이 터지며 지반 자체가 흔들렸다.

"아, 아버지!"

기겁한 데릭이 손을 뻗어 허공을 더듬으며 제 아비의 안전을 살폈다.

"나는 괜찮다! 형님도 괜찮으십니까?"

"예 있으니 안심하거라."

자욱한 먼지 탓에 한 치 앞도 보이지 않았다. 하나 아들과 형의 음성이 바로 곁에서 들려왔다. 리암은 안도의 한숨을 몰아쉬며 데릭의 손을 꽉 잡았다.

쑤아아앙!

강풍이 몰아친 것은 그때였다. 공작의 보호가 없었다면 부자는 필시 그 바람에 휘말려 날아갔을 터였다. 등골이 오싹해질 만큼 강한 돌풍이었다.

"이, 이게 무슨……!"

지면은 더 이상 흔들리지 않았다. 그러나 시야를 가리던 먼지가 완전히 걷히고 난 후 드러난 풍경에 리암과 데릭뿐 아니라 공작마저 기함할 수밖에 없었다.

그도 그럴 것이, 감옥의 전면이 휑하게 뚫려 있었기 때문이다.

분명 그들이 조금 전까지 발을 딛고 서 있던 그곳은 지하 감옥이었다. 한데 지금, 시린 하늘과 함께 광활한 흙구덩이가 눈앞에 펼쳐졌다.

지진으로는 이런 묘한 환경이 만들어질 수 없었다. 아니, 어떤 누구의 힘으로도 이 같은 기이한 형태를 조성하는 건 불가능했다.

딱 한 사람을 빼고는.

그때, 저 멀리에서 무언가가 그들을 향해 날아왔다.

그리고 그때까지 긴가민가하며 고개를 갸웃하던 란데르트 공작이 어느 순간 신음하듯 아들의 이름을 중얼거렸다.

"바율……."

처음엔 아닐 거라 애써 부정했지만, 상대는 분명 바율이었다. 녀석은 지하 감옥을 부수고도 무언가에 잔뜩 성이 나 보였다.

마치 이지를 상실한 양, 녀석의 눈동자가 다섯 가지 색으로 섬뜩하게 빛나며 그들을 향해 점점 가까이 다가왔다.

타핫!

"…바율?"

바율이 바닥에 내려선 순간, 데릭의 눈이 크게 떠졌다. 멀리 있을 땐 알아보지 못했지만, 이제는 얼굴이 선명히 보였기 때문이다.

분명 생김새는 제 기억 속에 있는 그 바율이었다.

어려서부터 몸이 약해 아무 때나 쓰러지기 일쑤였던 그의 사촌 동생.

녀석이 정령사가 되어 황제에게 직접 관직과 작위까지 하사받았다는 소식은 들었으나, 지난 몇 년을 갇혀 지낸 탓에 데릭은 정령사가 정확히 무엇인지도 잘 알지 못했다. 그나마 자연과 관계되었다는 것 정도가 여태 그가 아는 전부였다.

"크, 큰아버지……."

놀란 데릭이 말을 더듬으며 란데르트 공작을 올려다보았다.

그런 녀석의 눈빛이 물었다. 눈앞의 상대가 진정 자신이 알고 있던 바율이 맞는지를.

하나 공작은 그에 답할 수가 없었다. 현재 그의 모든 감각은 제 아들, 바율에게 집중되어 있었기 때문이다.

지금의 바율은 란데르트 공작도 긴장을 늦춰서는 안 될 만큼 불안정한 상태였다. 여기서 살짝 삐끗했다가는 목숨마저 보장할 수 없으리란 불길한 예감이 본능처럼 머릿속을 잠식했다.

그렇게 얼마나 있었을까.

"작은아버지."

괴괴한 적막을 뚫고, 드디어 바율이 입을 열었다. 기실 녀석은 처음부터 오로지 리암만을 응시하고 있었다.

"왜 그러셨어요?"

바율의 눈동자가 시시각각 색을 달리하며 번쩍였다. 그리고 그때마다 강렬한 살기가 녀석에게서 쏘아졌다.

"아버지의 자리가 그리도 탐이 나셨습니까?"

바율의 음성은 작지도, 그렇다고 아주 크지도 않았다. 또 박또박 물어 오는 말투는 차분했으며 한 치의 흐트러짐도 없었다.

그럼에도 거대한 분노가 마치 해일처럼 리암을 덮쳤다. 눈에 보이지 않는 촘촘한 그물이 그의 육체를 옥죄어 오는 듯했다.

"어린 조카를 죽여서라도, 그렇게 공작이 되고 싶으셨어요?"

"…조카를 죽여?"

언제 어떤 식으로 바율이 폭주할지 몰라 추이를 살피고 있던 란데르트 공작이었다. 그런 그가 아들의 갑작스러운 발언에 무슨 소리냐는 듯 미간을 찌푸렸다.

"매우 애석하였겠군요. 다음 차례였던 제가 하필 정령사가 되는 바람에."

바율이 입꼬리를 올리며 웃는 표정을 지었다. 차디찬 눈길과는 대조적인 그 기괴한 모양새에 데릭은 저도 모르게 흠칫 몸을 떨며 뒷걸음질 쳤다.

녀석이 하는 말은 귀에 제대로 들어오지도 않았다. 당장

이곳에서 뛰쳐나가고 싶다는 생각만이 그의 온몸을 지배했다.

"바율, 똑바로 말하거라. 그게 다 무슨 얘기냐?"

란데르트 공작이 물었지만, 돌아오는 대답은 없었다. 바율은 시종일관 리암만을 죽일 듯 노려볼 뿐이었다.

리암에게서 긴 한숨과 더불어 체념 섞인 말이 흘러나온 것은 그때였다.

"결국 대지의 기억을 읽은 게로구나. 이런 날이 언젠가는 올 줄 알았지만, 그게 오늘이었을 줄이야."

감옥이 폭파되고, 바율이 등장한 순간부터 리암은 '어쩌면' 하고 예상했다. 저를 향해 적의를 드러내는 조카의 모습은 무척 생소했으나, 대지의 기억을 보았다면 충분히 납득이 가고도 남았다.

"지울 수 있다면 지우고 싶었건만……."

바율이 캔자스시에서 대지의 기억을 처음 발현했을 당시, 그때부터 리암은 이런 순간이 올지도 모른다는 상상에 문득 불안해지고는 했다.

방금 뱉은 말처럼 지울 수만 있다면 지우고 싶었으나, 방법이 없었다. 그나마 그가 기대할 수 있는 거라곤 바율이 대지의 기억을 읽지 않기를 바라는 것뿐이었다.

특별한 이유가 있지 않은 이상 무턱대고 발동하지는 않

을 터이니, 그 조마조마한 평화에 얄팍하게나마 희망을 품
었었다.

"리암."

란데르트 공작이 엄중한 목소리로 동생을 불렀다. 너라
도 당장 설명을 하라는 뜻이었다.

쑤아앙!

그때, 차가운 바람이 재차 불어 닥쳤다. 그와 동시에 외
마디 비명과 함께 두 인영이 바닥으로 내팽개쳤다.

"으윽!"

"크아악!"

얼마나 세게 처박혔는지, 그들은 앓는 소리를 낼 뿐 제대
로 일어서지도 못했다.

"바율! 내가 진짜 그냥 죽여 버릴까 하다가 참고 데려왔어!"

놈들을 끌고 온 건 템페스타였다. 어느덧 바율의 머리 위
로 녀석뿐 아니라 사대 정령 모두가 나타나 있었다. 그들
역시 바율만큼이나 분노로 가득한 모습이었다.

"리자이, 리바이……."

란데르트 공작은 한눈에 형제를 알아보았다. 리암의 수
족인 그들을 그가 모르려야 모를 수 없었다. 더욱이 그들
형제는 바율이 캐링스턴에 머물 시 녀석의 호위 기사이기
도 했다.

"아버지."

바율이 그제야 시선을 틀어 란데르트 공작을 바라보았다. 낯선 아들의 눈빛이 당황스러웠으나, 공작은 침착하게 녀석의 말을 기다렸다.

"이들입니다."

"……?"

"이들이 형을 죽였다고요."

의아함도 잠시, 생각지도 못한 얘기에 란데르트 공작의 동공이 흔들렸다.

"숙부의 명으로 말입니다."

"무, 무슨! 그게 무슨 말 같지도 않은 소리야!"

두려움에 떨며 상황을 지켜보던 데릭이 버럭 고함을 내질렀다. 그의 입장에선 정말이지 말도 안 되는 엿 같은 소리였다.

"우리 아버지가 너희 형제를 얼마나 예뻐하셨는데! 친자식인 나보다 더 애지중지한 거, 사람들이 다 알아! 그런데, 뭐? 저들에게 바일을 죽이라 명하셨다고? 말이 되는 소리를 지껄여!"

어릴 적부터 저보다 사촌 동생들을 더 챙기는 리암 때문에 데릭은 그간 많은 상처를 받아 왔다. 철없던 시절 그로 인해 아버지를 증오하고 미워하기도 했지만, 옥에 갇힌 저

를 따뜻하게 보듬어 주시던 큰아버지 덕분에 겨우 잊어 가
던 차였다.

"네 녀석이 정령사가 되었다고 하더니, 갑자기 돌기라도
한 거냐? 어떻게 감히 내 아버지를 살인범으로 몰 수가 있
어! 그건 사고였다는 거 너도 알잖아!"

대지의 기억이 무엇인지 데릭은 아직 알지 못했다. 그렇
기에 자조하며 중얼거리던 리암의 말 역시도 의미를 해석
할 수 없었다.

그는 그저 자신보다 바율을 아끼던 아버지가, 다른 사람
도 아닌 녀석에게 이런 봉변을 당한다는 게 억울하고 분했
다.

"그러게 말입니다. 저도 숙부님이 이렇게 완벽하게 가면
을 쓰고 계실 거라고는 생각지도 못했습니다."

바율이 데릭을 향해 비아냥거릴 때, 공작은 제 동생을 살
피고 있었다. 만약 이 모든 게 오해라면 최소한 아니라는
말 한마디쯤은 진즉에 나오고도 남았을 터였다.

한데 리암은 여태 그런 비슷한 말조차 하지 않았다. 아
니, 그러긴커녕 오히려 오랜 번뇌에서 해탈한 것처럼 보였
다.

"리암."

란데르트 공작이 다시 한번 동생을 불렀다. 그런 그의 표

정은 무어라 한마디로 정의할 수 없는 무거운 기색이었다. 그러나 분명한 건, 그 역시 폭풍 전야란 사실이었다.

"형님."

리암이 고개를 들어 공작과 눈을 맞췄다.

"형님께선 오늘 일이 이리될 줄 아셨나 봅니다."

"……?"

"덕분에 죽기 전에 아들 얼굴이라도 볼 수 있게 되었지 않습니까."

"아버지!"

데릭이 펄쩍 뛰며 소리쳤다. 그는 아버지가 갑자기 왜 이러는지 정녕 모르겠다는 얼굴이었다.

그에 반해 란데르트 공작의 안색은 더없이 딱딱하게 굳어 갔다.

4년 전, 그의 아들 바일이 사고로 죽었다.

한데 바율은 지금 그 사고가, 사실은 리암이 벌인 짓이라고 말하고 있었다.

그리고 리암은 그에 대해 일말의 변명조차 하지 않는 상태였다.

"어떻게 된 것인지 확실하게 설명하거라."

란데르트 공작이 낮게 뇌까렸다. 그를 중심으로 대기가 요동치며 실내에 광포한 기운이 감돌았다.

리암은 모든 것을 포기한 듯 어깨를 축 늘어뜨린 채 눈을 감았고, 한편으로는 대지의 기억이 또다시 감옥 내부에 펼쳐졌다.

"뭐, 뭐야, 저게?"

처음 보는 기이한 장면에 데릭은 입을 쩍 벌렸다. 그런 그의 얼굴은 시간이 지날수록 점점 흙빛으로 변했다.

보면서도 믿을 수가 없었다.

바일이 리자이, 리바이 형제의 발길질에 다시금 강물로 떨어지는 순간, 란데르트 공작에게서 무시무시한 살기가 뻗어 나왔다.

그에 겨우 정신을 차리고 주춤거리던 형제들이 비명을 토하며 다시 고꾸라졌다. 공작은 제자리에서 꿈쩍도 하지 않았거늘, 흡사 칼로 살갗을 도려내는 듯한 끔찍한 고통이 두 형제를 엄습했다.

하지만 그건 리암이 그들 형제에게 캐링스턴 행을 명하는 장면이 나왔을 때에 비하면 아무것도 아니었다.

"끄아아!"

"쿨럭!"

형제가 같이 피를 토하기 시작했다. 입은 물론 눈과 귀, 코. 얼굴에 구멍이 난 모든 곳에서 붉은 피가 쉴 새 없이 흘러내렸다. 고통에 몸부림을 치면 칠수록 짙은 피비린내가 진동했다.

란데르트 공작은 분노하는 와중에도 간신히 이성을 유지했다.

지금 제가 본 것이 전부 사실이라면, 바율의 현 상태가 충분히 이해가 가고도 남았다.

"…언제부터냐?"

공작이 리암을 돌아보며 물었다. 당장 허리에 찬 검을 뽑아 들어도 이상하지 않을 만큼 노여움에 가득 찬 모습이었다.

반면 이미 생을 포기해서일까?

공작을 대하는 리암의 태도는 무척이나 평온했다.

"저도 잘 모르겠습니다."

"모른다?"

"인간의 마음이라는 게 그렇더군요. 저는 형님처럼 올곧지도, 단단하지도 못한 그런 사람입니다. 누구보다 뛰어난 이를 형님으로 둔 덕에 열등감에 찌들어 사는 한심한 놈이 바로 저입니다."

"리암, 네가 어떻게……."

"네. 형님이 저를 이렇게 키워 주셨지요. 그런 제가 바일을 죽였습니다."

콰쾅!

리암의 고백에 결국 감옥이 또 한 번 폭발했다. 파편이 튀고 먼지가 흩날렸다. 이번만큼은 공작도 동생을 보호할 생각이 없었는지, 그 짧은 사이에 리암의 옷은 넝마가 되어 있었다. 곳곳이 피로 물들었다.

"직접 죽이라 명하지는 않았지만, 맘속 깊이 그리되기를 바랐으니 제가 시킨 것이나 다름없지요. 바일은 시작이었을 뿐, 바율도, 나아가 형님도 사라지길 원했습니다."

그러면 자신이 란데르트 공작가의 수장이 될 것이고, 가문을 향한 제국민들의 존경심 역시 본인에게로 향할 거라고 믿었었다. 한때는.

"제게 잘해 주신 이유는 무엇입니까? 형을 죽인 것에 대한 죄책감이었습니까?"

"홋! 죄책감?"

리암이 공허한 눈빛으로 바율을 응시했다.

"그런 시시한 감정이 아직 남아 있을 리가. 바율, 결과가 이리되었다고 해도 이 숙부는 그날, 똑같은 일이 벌어진다면 또 같은 선택을 할 것이다. 나란 인간의 욕망은 그렇단다. 추잡하기 그지없지."

"…그렇군요. 완전 범죄가 될 수도 있었는데, 참 안타깝게 되었네요."

"하하, 그러게 말이다. 재스퍼가 이 사달을 일으킬 줄은 정말 몰랐구나."

　리암의 말투는 평소 바율이 알던 그대로 다정하기 그지
없었다. 그것이 도리어 조금씩 가라앉고 있던 바율의 무언
가를 건드렸다.

　고오오오!

　바율의 옷과 머리칼이 세차게 휘날렸다. 오색으로 빛나
던 눈동자가 은백색으로 바뀌는 순간, 세상이 암전이라도
된 듯 어둠이 일대를 강타했다.

Chapter 6.
폭주

1.

시간을 거슬러 올라가 한 시간여 전.

엘프의 숲에서 대지의 기억을 통해 모든 사실을 알게 된
바율은 한동안 자리에서 꼼짝도 하지 않았다.

친구들로서는 녀석이 어떤 식으로 반응할지 몰라 함부로
말도 걸지 못했다. 살짝만 건드려도 폭발할 것 같아서 그저
조마조마한 심정으로 바라볼 뿐이었다.

그러던 어느 순간이었다.

"…어엇!"

"바율?"

별안간 녀석이 그들의 눈앞에서 사라졌다. 마치 공간 이

동이라도 한 양.

"뭐, 뭐야?"

"얘 갑자기 어디 갔어?"

당황한 친구들이 서둘러 사방을 휘둘러보았으나 바율은 어디에도 보이지 않았다. 심지어 녀석의 머리카락 한 올조차 발견할 수 없었다.

휘잉!

그저 한 줄기 바람에 낙엽만이 휘날릴 뿐.

"설마…… 숙부에게 간 건가? 막 죽여 버리겠다고 그랬잖아!"

"그러고도 남지. 나라도 그럴 것 같아."

간신히 아물어 가던 바율의 상처가, 뒤늦게 안 진실로 인해 덧나 버렸다. 녀석의 속이 어떠할지 라나사는 감히 상상조차 할 수 없었다.

"바율네 숙부는 지금 해밀턴에 있잖아. 거기, 인구가 몇 명이더라? 으아, 어떡해!"

"위험한 건 여기도 마찬가지야, 에이단. 바율이 폭주하면 겨우 지역 하나에서 끝나는 게 아니라 제국 전체가 초토화될 테니까. 어쩌면 이 대륙이 통째로 사라질지도 몰라!"

머리를 부여잡고 외치는 에이단을 보며 라나사가 덩달아 목소리를 높였다. 그녀 역시 다리를 떠는 모양새가 불안해 보이기는 매한가지였다.

"셰임, 이게 어떻게 된 겁니까?"

퀸이 급히 셰임에게 다가가 물었다. 어째선지 바율이 사라졌음에도 그는 아직 일행 곁에 남아 있었다.

"바율이 지금 진실을 알면 안 되는 거 아니었나요? 바율을 말릴 수 있는 건 바일뿐이라고 그 입으로 똑똑히 말했잖습니까!"

"그래, 맞아! 근데 정령계가 복원되지도 않았는데 바일이 바율을 무슨 수로 말려! 우리 이젠 망했어!"

"셰임, 진짜 미래를 보았어요? 그거 정말 확실한 거예요?"

"……."

"아 씨, 답답해! 제발 대답 좀 해요!"

"셰임! 끝까지 이럴 겁니까? 지금 얼마나 중대한 상황인지 알잖아요!"

"이렇게 계속 아무 말 안 할 거면 차라리 가서 바율이나 만류하든가요!"

"기다리는 중입니다."

에이단과 라나사의 닦달에도 내내 입을 꾹 다물고 있던 셰임이 느닷없는 말을 던졌다. 그에 친구들이 일제히 동작을 멈췄다.

"…기다리다니요? 뭘요?"

"곧 도착할 때가 되었습니다."

"그러니까 뭐가……."

"너희 여기서 뭐 하냐?"

"…라이?"

갑자기 들려온 익숙한 음성에 일행은 약속이라도 한 듯 동시에 멍청한 표정이 되었다.

"왜들 이렇게 놀라? 내가 뭐 못 올 데라도 왔어?"

더욱이 녀석은 혼자가 아니었다. 아버지인 라예가르와 함께 숲속 한복판에 있는 그들을 찾아온 것이다.

"에이단이랑 그리아는 그렇다 치지만, 퀸 너는 왜 벌써 여기 와 있냐? 인어국에 간다고 하지 않았어?"

"다녀온 거야."

"네 녀석이 그럼 그렇지. 아무튼, 희대의 집착남이라니까."

일라이가 못 말린다는 양 혀를 차며 고개를 절레절레 내저었다. 녀석이 그러거나 말거나 퀸은 셰임을 향해 다시 물었다.

"셰임, 혹시 기다린다는 대상이 라이였습니까?"

"응? 나를 기다려? 내가 올 줄은 어떻게 알고?"

일라이는 본래 린데만 황태자의 약혼식 날짜에 맞춰 황

궁에서 만나기로 했었다. 당연히 지금의 만남은 계획된 것이 아니란 의미였다.

"아, 그거 설마 예지 능력? 오, 대박!"

바율이 현재 어떤 상황에 처했는지 전혀 알지 못하는 일라이로선 땅의 정령왕이 된 셰임의 능력이 그저 신기할 따름이었다.

분위기 파악을 하지 못한 녀석이 더 호들갑을 떨기 전에 퀸이 차단에 나섰다.

"셰임, 라이는 왜요? 라이가 뭘 해야 하는 겁니까?"

일라이는 엄연한 드래곤이었다. 아직 헤츨링이긴 하지만, 태양의 심장을 손에 넣은 후로 부쩍 성장한 녀석의 능력은 가히 웬만한 성룡을 능가하고도 남았다.

하지만 퀸의 예상과 달리, 셰임의 용건은 일라이가 아닌 라예가르에게 있었다. 그가 녀석의 뒤쪽에 선 라예가르에게로 걸어갔다.

"드래곤 로드께 부탁드릴 것이 있습니다."

"부탁? 나에게 말인가?"

"예. 부디 이 세계를 지켜 주십시오."

"누구로부터 지키라는 거지? 설마……?"

"네, 바율이 곧 폭주할 것입니다."

"그게 무슨 소리야? 난데없이 폭주라니?"

어이없어하는 일라이에게 친구들은 재빨리 저간의 사정을 설명했다. 이야기가 진행될수록 녀석의 잘생긴 얼굴이 붉으락푸르락 변해 갔다. 라예가르 역시 굳은 안색으로 침음을 삼켰다.

"야, 너희는 그런 심각한 얘기를 이런 데서 막 하면 어떡하냐? 조심을 했어야지!"

바율의 숙부도 숙부지만, 일라이는 친구들이 입방정을 떨었다며 책망했다. 하나 이미 쏟아진 물은 어찌할 도리가 없었다.

다른 누구도 아닌 바일의 죽음이었다. 그걸 사주한 이가 하필 그토록 의지하던 숙부였으니, 녀석의 정신이 온전할 리가 없었다.

"내가 뭐 이렇게 될 줄 알았냐? 나도 머리 터지는 줄 알았다고!"

"바율이 불쑥 나타나서 우리가 더 놀랐어!"

"우리끼리 얼마나 고생했는지 알지도 못하면서……."

사태가 이리된 데에는 그들도 심히 유감이었다. 그러나 누구도 바란 바는 절대 아니었다.

"셰임."

친구들 간의 언성이 더 높아지려는 찰나, 라예가르의 묵직한 음성이 숲속을 갈랐다.

"지금 이 상황, 당연히 전부 예견한 것이겠지?"

"네, 로드."

"하면 내가 온 이유도 짐작하고 있겠군."

"그렇습니다."

"…이건 또 무슨 말씀이세요? 그냥 라이 녀석이랑 함께 지내다가 황도에 같이 가자고 오신 게 아니란 겁니까?"

응당 그럴 거라 생각했기에 일행은 라예가르의 말에서 묘한 불길함을 느꼈다.

"우리 아빠가 그렇게 할 일 없는 줄 아냐? 급하게 해 줄 말이 있어서 온 거지!"

"그게 뭔데?"

"주신에 관한 거야."

"뭐?"

"드디어 놈의 비밀을 알아냈다고!"

일라이가 다짜고짜 랑트를 방문한 건 그래서였다. 라예가르가 레어에 틀어박혀 고서를 있는 대로 뒤진 끝에 결국 찾아낸 것이다.

"놈은 역시 진짜 창조신이 아니었어."

일라이가 특히 천족인 알레그리아에게 잘 들으라는 듯 손가락으로 그녀를 가리키며 말을 이었다.

"주신은 창조신이 만든, 이를테면 아들이야."

"…아들?"

"그래, 그리고 우리가 알지 못했던 그 진짜 창조신에겐 딸도 하나 있었지."

"딸……?"

급작스러운 소식에 친구들은 이게 다 대체 무슨 해괴한 소리인지 순간 이해력이 떨어졌다.

"그녀는 달의 일……."

"킬리안, 그 얘기는 나중으로 미루자꾸나."

매우 중요한 이야기이긴 했지만, 현재 그보다 급한 것은 바율의 폭주를 막는 일이었다. 라예가르가 아들의 말을 자르며 셰임에게 턱짓했다.

"그래서, 내가 뭘 어떻게 하면 되지? 바율의 폭주만 막으면 되는 건가?"

"아니요. 그의 폭주를 막아선 안 됩니다."

"…그건 왜지?"

"주신과의 전쟁에서 승리하기 위해선 금번 과정이 반드시 필요하기 때문입니다."

"셰임, 제발 알아듣기 쉽게 좀 말해요. 애초에 바율이 폭주하면 싸워 보기도 전에 이 세계가 멸망할지도 모르는데, 그게 대관절 무슨 소리입니까?"

"그 폭주로 인해 템페스타가 정령왕이 될 겁니다."

180 정령의 펜던트

"헉, 정말이에요?"

"그 녀석이 드디어!"

"오! 그러니까 템페스타가 정령왕이 되면 정령계가 복원되고, 그로 인해 통로가 열리면서 바일이 바율의 폭주를 멈출 수 있다는 거네요?"

"그렇습니다."

"하지만 그 과정에서 벌어질 피해는 상상 이상이겠지. 나보고 그걸 막아 달라는 것이로군."

"맞습니다."

라예가르가 비로소 이해한 듯하자 셰임이 고개를 끄덕이며 덧붙였다.

"로드가 명을 내려 드래곤들을 소집하여 주십시오. 그래야만 피해를 최소한으로 줄일 수 있습니다."

"셰임, 그런 건 우리 아빠 혼자서도 충분히 할 수 있어. 무슨 드래곤을 소집해?"

"로드께서 강하시다는 거, 충분히 알고 있습니다. 하지만 바율은 혼자가 아닙니다. 그에겐 전대 정령왕들의 기운이 깃들어 있을 뿐 아니라 저와 템페스타, 그리고 스피넬과 이노센트. 사대 정령까지도 함께합니다. 우린 바율의 뜻을 거스를 수 없습니다."

그야말로 우려하던 상황이 펼쳐진다는 얘기였다. 정령왕

한 명이 날뛰어도 나라 몇 개가 사라진다 들었다.

그런데 지금은…… 차마 말로 옮기기에도 두려웠다.

"아빠."

그제야 일라이가 걱정스러운 듯 라예가르를 올려다보았다. 드래곤의 절대적인 힘을 누구보다 가장 잘 아는 그였다.

한데 그런 그들이 하나도 아닌 여럿이, 그것도 온 힘을 다해 상대해야 한다니. 염려를 하지 않으려야 않을 수 없었다.

"우리의 최종 목표는 주신을 이 세계에서 없애는 것이다. 그러기 위해 꼭 필요한 일이라고 하니 도리가 있나. 별일 없을 테니 두고 보거라."

"…지금 꺼낼 얘기는 아닌 것 같지만, 질문 하나만 해도 될까요?"

제 아버지가 진정한 창조신이 아니란 확정의 말에 망연히 서 있기만 하던 알레그리아였다. 그녀가 그제야 정신이 좀 든 건지 손을 들며 셰임에게 물었다.

"의아한 점이 있어서요. 사대 정령이 모두 정령왕이 된다고 해도, 주신을 이길 순 없습니다. 다들 알다시피 우리에겐 태고의 신물 중 하나가 없으니까요."

열두 개를 모아야만 하는 태고의 신물.

개중 하나가 하필이면 천계에 있었다.

"찬물을 끼얹고 싶지는 않으나, 아버지…… 의 힘은 여러분이 상상하시는 것 이상으로 막강합니다. 그분의 말 한 마디면 우리 전부가 일시에 죽을 거예요."

"그건…… 두고 보면 알게 될 겁니다."

셰임이 알레그리아를 똑바로 응시한 채 단호하게 말했다. 그에 그녀의 눈매가 가늘어졌다.

뭔가 낯설지 않았기 때문이다.

언제부터인지 모르겠으나 자신을 향한 셰임의 시선에서 알레그리아는 기이한 느낌을 받았다.

'뭐지?'

그러나 그녀는 그것에 관해 자세히 물을 새가 없었다.

"로드, 시간이 없습니다."

셰임의 재촉에 라예가르가 그 즉시 공간 이동으로 모습을 감추었다. 아마도 드래곤들을 소집하기 위함일 터였다.

"우리도 가자!"

가만히 두고 보는 건 그들의 성격에 영 맞지 않았다.

"잉그리드!"

에이단의 부름에 여태 정수리에 얌전히 앉아 있던 잉그리드가 파드닥 날아오르며 몸체를 부풀렸다. 친구들이 급히 오르자마자 녀석이 땅바닥을 박차며 힘차게 솟구쳤다.

2.

"저, 저게 뭐지?"

친구들이 해밀턴에 도착했을 땐 이미 바율의 폭주가 시작된 이후였다. 잉그리드를 타고 날아오면서 짐작한 바이기는 했다. 대기의 흐름이 어느 기점부터 완전히 달라졌기 때문이다.

하나 그럼에도 이러한 광경까지는 예상하지 못했다.

바율을 중심으로 엄청난 기운이 몰아치고 있었다. 그 힘에 의해 뿌리째 뽑힌 나무와 무너진 건물의 잔해 등이 허공을 무섭도록 휘돌았다.

기이한 점이라면 그 모든 일이 무형의 장막 안에서 벌어지고 있다는 것이었다.

마치 누군가 실드 마법이라도 펼친 것처럼.

이걸 무어라 표현해야 할까?

거대한 유리병?

속이 보이는 감옥?

"란데르트 공작 전하야……."

처음 보는 괴이한 장면에 당황한 친구들이 멍하니 눈만 끔벅거릴 때, 퀸이 나직이 중얼거리며 손가락으로 어딘가를 가리켰다.

그 손끝을 따라가자 녀석의 말대로 란데르트 공작이 보였다.

"바율!"

그런 공작에게선 바율만큼이나 막대한 기운이 흘러나오고 있었다.

"설마 지금 공작 전하께서 바율을 막고 계신 건가?"

"아무래도 그런 것 같은데……?"

바율 주변은 원래 형태가 어떠했는지 알 수 없을 정도로 초토화된 상태였지만, 장막 밖은 그나마 평온했다.

"우와, 대박. 나, 공작 전하께서 이 정도이실 줄은 몰랐어."

에이단은 잠시 현 상황도 잊고 감탄했다.

제국의 살아 있는 전설로 불리는 란데르트 공작의 위명이야 귀가 짓무르도록 들어 익히 잘 알았다. 심지어 그는 드래곤과 대등하게 싸워 승리한 전적까지 있었다.

그러나 상대는 무려 전대 정령왕들의 힘을 각성한 바율이었다. 녀석을 막기 위해선 여러 드래곤이 힘을 합쳐야 할 정도라고 들었다.

그런 바율을 지금 공작은 오롯이 홀로 저지하고 있는 것이다.

"이대로 괜찮을까?"

"바율의 기운이 점점 거세지고 있어."

대단하다는 마음이 드는 한편으로는 걱정이 될 수밖에 없었다.

"근데, 공작 전하께선 아직 동생이 저지른 악행에 대해 전해 듣지 못하신 걸까?"

그걸 알게 되면 바율보다 더한 분노를 터뜨리고도 남을 터였다. 하나뿐인 동생이 제 자식을 죽인 셈이니 말이다. 거기에 남은 아들마저 해치려고 들었다. 어떤 아비도 절대 참을 수 없으리라.

"그건 나중 문제야."

"뭐?"

불안한 낯빛으로 란데르트 부자를 바라보던 퀸은 다시 한번 조용히 입을 열었다.

"내가 아는 공작 전하라면, 일단 도시를 지켜야 한다는 사명감이 먼저이실 거라고. 개인사는 후에 처리해도 늦지 않는다고 판단하신 거겠지."

"하긴, 맞아. 지금 가장 중요한 건 그거니까."

"으아아! 바율을 제지하지 못하면 다 끝장날지 몰라!"

"라이, 이사장님은 언제 오시는 거냐? 왜 우리보다 늦어?"

"보나마나 원로들 설득하고 있겠지."

이를 앙다문 채 중얼거리는 일라이의 붉은색 눈동자에 잠깐 살의가 번득였다.

언제나 그놈의 명분부터 따지는 작자들이었다. 마족이 날뛰기라도 하지 않는 이상 웬만해서는 인간 세상에 별 관심 없는 그들이니, 데리고 오려면 시간이 좀 필요할 것이다.

"…오, 그래. 그러면 되겠네."

원로들을 향해 조소하던 일라이는 문득 머릿속이 번쩍였다.

"데스! 데스 지금 어디 있지?"

"갑자기 데스는 왜?"

일라이의 뜬금없는 외침에 친구들은 의아했다. 일전의 사건들로 관계가 나아졌다고는 하나, 그건 전처럼 으르렁거리지 않는 수준일 뿐, 녀석은 여전히 마족이라면 질색하는 편이었다.

"네가 나를 왜 찾지?"

그때 별안간 일행의 뒤쪽에서 불쑥 목소리가 들려왔다.

"데스!"

데스라면 작금의 소란을 모를 수가 없었을 터. 반가운 아군의 등장에 친구들은 저들도 모르게 꽥 소리를 질렀다. 그러자 데스가 마음에 안 든다는 듯 눈살을 찌푸리며 말했다.

"꼴을 보아하니 녀석이 다 알게 된 모양이군."

랑트에 있던 그에게까지 바율의 감정이 느껴질 정도였다. 해서 수하들에게 리타를 안전하게 보호하라 명한 뒤 와본 결과, 예상대로였다.

분노는 인간으로 하여금 이성을 잃게 만든다. 누구보다 믿고 의지했던 상대였기에 바율이 받은 충격과 상처는 아마 그 어떤 말로도 설명이 어려울 터였다.

"숙부가 형에 이어 자기까지 죽이려 했다는 걸 알았어요. 지금 바율 저 녀석, 완전 제정신 아니에요!"

"그건 나도 봐서 알고 있어."

"마기가 필요합니다. 당장 여기저기 마구 흩뿌려 주세요!"

"…마기를?"

되묻던 데스가 금세 이해했다는 양 고개를 주억였다.

"드래곤을 끌어들일 셈이군."

"재수는 없지만, 지금 상황에선 원로들이 꼭 필요합니다."

"틀린 말은 아니야."

바율을 응시하는 데스의 시선이 깊어졌다. 녀석들은 모르겠지만, 둘 사이에 점점 힘의 격차가 커지고 있었다. 란데르트 공작이 아무리 대단하다고 한들, 전대 정령왕 넷의 힘을 계승한 바율을 혼자 꺾는 건 불가능했다.

솔직히 그건 데스로서도 자신이 없었으니까.

"아무튼, 예전이나 지금이나 저 바람 자식은 변한 게 없군."

"바람 자식이라니요?"

"지금 바율의 정신을 지배하고 있는 게 누구라고 생각해?"

딱 보면 알지 않아?

데스가 혀를 차며 바율을 턱짓했다.

"전부터 성격 파탄자로 유명했지."

데스의 지적은 정확했다.

현재 바율의 감정에 가장 강하게 동화한 이는 바로 전대 바람의 정령왕, 벤티아스라팔이었다. 그의 성질이 녀석에게 영향을 미치는 것이다.

"라나사!"

"아빠!"

어느 틈엔가 만월 기사단이 지적에 다가와 있었다. 하긴, 이런 소란이 일었는데 그들이 모른다는 건 말이 안 되었다.

"이게 다 무슨 일이냐? 대체 이게……!"

동료들과 연무장에서 한창 수련 중이던 아이작은 대낮에 울린 굉음을 따라 여기까지 달려왔다. 죄수들을 가두는 감옥이 흔적도 없이 사라진 것도 놀랍지만, 엉망이 된 그 한복판에서 벌어지고 있는 장면에 비하면 아무것도 아니었다. 그의 주군과 주군의 아들이 격돌하고 있었기 때문이다.

저간의 사정을 전혀 모르는 아이작으로선 어리둥절할 수밖에 없었고, 이런 위험한 곳에 제 딸이 있다는 사실에 가슴이 또 한 번 철렁했다.

단원들에게 명한다.

란데르트 공작의 음성이 허공에 메아리친 것은 그때였다. 낮지만 또렷한 목소리가 흔들림 없이 명했다.

영지민을 지켜라.
죽을힘을 다해서.

공작의 명령은 짧고 명료했다. 사뭇 비장하기까지 한 주군의 음색에 당황했지만, 만월 기사단은 만월 기사단이었다. 그들은 곧 정신을 차리고 명 받은 바에 충실했다.

"라나사, 너는……."

"저는 여기에 친구들과 함께 있을게요."

자못 걱정된다는 표정을 감추지 못한 아이작이었으나,

이내 친구들을 다시 한번 살펴보곤 고개를 끄덕였다. 어쩌면 이곳에 있는 게 더 안전할 수도 있었다.

"다들 조심하거라."

아이작이 라나사와 친구들에게 당부한 뒤 빠르게 왔던 길을 뒤돌아 달려갔다. 그건 다른 단원들도 마찬가지였다. 대낮임에도 아이작의 아공간이 열리더니, 데이지가 괴성을 내지르며 튀어나와 주인을 등에 싣고 멀어져 갔다.

"그나마 외지여서 다행인 건가⋯⋯."

여기가 정확히 어딘지는 알 수 없지만, 그래도 인근에 마을이 보이지는 않았다. 그 사실에 친구들은 뒤늦게 안도하며 데스에게 재차 부탁했다.

"데스, 얼른 마기 좀 쏘아 주세요."

"그래야 드래곤들이 온다잖아요!"

"오늘 템페스타가 정령왕이 된다고 셰임이 그랬단 말이에요. 그러면 지금 상태보다 훨씬 위험해질 겁니다. 그걸 드래곤들이 막아야만 해요!"

"템페스타가 정령왕이 된다고? 그것도 오늘?"

"네에!"

"그럼 정령계와의 통로도 열린다고 했어요!"

"폭주하는 바율은 바일이 말릴 거고요!"

"셰임이 미래를 봤다 그거군."

데스가 무언가 깨달았다는 듯 피식 웃음을 지었다.

"그래서 아몬이 날 보낸 거였어."

"예?"

"그럼 아몬도 미래를 읽은 건가요?"

"그랬나 보네."

데스는 대수롭지 않다는 듯 대꾸했지만, 조금 전 아몬은 그에게 간절하게 말했다. 그가 꼭 해밀턴에 가야 한다고. 해야 할 일이 있을 거라고.

사실 아몬의 말이 아니었더라도 이런 폭풍을 감지하고 가만히 있을 순 없었다. '해야 할 일'이라는 게 이제껏 감추기 급급했던 마기를 드러내는 것일 줄은 몰랐지만.

'근데 왜 꼭 나야? 마황도 있는데.'

랑트엔 저만큼이나 강한 마계의 황제도 있었다. 그럼에도 아몬은 하필 콕 저를 찍어 이곳으로 보냈다. 그런 녀석의 저의가 무엇인지 문득 궁금했으나, 지금 당장 급한 건 따로 있었다.

정령계의 복원은 이제 그에게도 매우 중요한 사안이었다. 주신과의 전쟁에서 싸워 이기려면 아군의 군사력을 높이는 것만큼 중요한 일은 없었다.

데스는 더는 망설이지 않았다.

"멀찍이 떨어져 있어. 다친다."

경고와 동시에 데스의 등에서 검은 날개가 솟구쳤다. 순식간에 진체를 드러낸 그는 바율을 막아 내고 있는 공작에게 힘을 보탰다.

데스의 칠흑처럼 검은 마기가 란데르트 공작의 기운과 섞이자, 무형의 막이 더욱 견고해졌다.

"기분 탓인가? 바율의 폭주가 좀 약해지지 않았어?"

"글쎄……."

여전히 무형의 막 안은 폭풍이 몰아치고 있었지만, 바람의 세기가 줄어든 것 같기도 했다.

하지만 그건 아주 잠시였을 뿐이었다.

데스의 합류가 자극이 되었는지 돌연 변화가 일었다. 푸른 물기둥과 태양을 축소한 듯한 붉은 구가 나타난 것이다. 이어 지진이라도 난 양 지반이 흔들리더니 아래로부터 무수한 바위들이 공중으로 치솟았다.

"젠장, 화가 더 났나 봐!"

"사대 정령까지 합세하고 있어!"

"어떡하지?"

바율의 명을 거역하지 못할 거라는 셰임의 말이 생각났다. 데스가 합류했으니 상황이 나아질 거라 여겼건만, 되레 악영향만 끼친 모양새였다.

과거 전대 마황의 배신이 아니었더라면 정령계는 그리

허무하게 멸망하진 않았을 것이다. 당연히 전대 정령왕들에게 마족의 개입은 분노의 촉진제가 될 수밖에 없었다.

"어어! 얘들아, 저기!"

미처 거기까지는 생각하지 못한 친구들이 낭패한 표정을 지을 때, 드디어 기다리고 기다렸던 이들이 도착했다. 드래곤 로드 라예가르를 필두로 원로들이 나타난 것이다.

엄청난 마기의 폭발이 있었다. 명분을 들먹이며 로드의 명을 거부하고 있던 이들에게 마기의 등장은 더 거역할 수 없는 절대적 명의였다.

일정한 거리를 두고 넓게 퍼진 형태를 구축한 드래곤들은 바율을 향해 일제히 기운을 쏘아 댔다. 폭주로 인해 발생할 피해를 막고자 함이었지만, 친구들에겐 그게 마치 바율을 없애고자 하는 행동처럼 보여 기분이 썩 좋지 않았다.

하나 그런 생각은 그리 오래가지 못했다.

갑작스레 무형의 장막이 깨지는 듯한 소리와 함께, 무지막지한 바람이 일대를 뒤덮었기 때문이다.

"다들 꽉 잡아!"

알레그리아가 재빨리 결계를 치며 방어막을 구축했기에 망정이지, 하마터면 다들 빨려 들어갈 뻔했다.

"끄아아악!"

그러나 안도의 숨을 돌리기도 전, 난데없는 비명이 그들의 고막을 강타했다.

소리의 주인공은 드래곤이었다. 화이트 드래곤일 게 분명한 하얀 머리칼의 청년이 부러진 한쪽 팔을 부여잡은 채외마디 비명을 질러 댔다.

"쯧쯧, 약해 빠져서는. 저래서 어디 제대로 막아 내겠어?"

갑작스러운 비명에 친구들이 놀란 반면, 데스는 고개를 내저으며 기가 찬 표정을 지었다. 아무리 바율이 폭주 상태라고 하지만, 원로씩이나 돼서 겨우 저 정도밖에 안 된다는게 어이없을 만큼 한심했다.

"헉! 저, 저기 또……!"

하지만 화이트 드래곤은 시작이었을 뿐이었다. 그를 기점으로 고통에 몸부림치는 신음이 여기저기서 연이어 터져나왔다.

기이한 광경이 아닐 수 없었다.

지상 최강의 생명체라 불리는 드래곤이, 그것도 수십이 모여 온 힘을 다하고 있건만 인간 하나를 어쩌지 못하고 있었다. 바율을 중심으로 광폭하게 휘몰아치는 기운은 약해지기는커녕 도리어 점점 더 거세져만 갔다.

"어, 어떻게 이런 일이……!"

수세에 밀리는 드래곤들을 보며 가장 경악한 이는 일라이였다. 원로들의 힘을 누구보다 잘 아는 그로서는 작금의 상황이 너무나 비현실적이었다.

아버지와 원로들만 있으면 거뜬히 해결할 수 있을 줄 알았는데, 그건 명백한 오판이었다. 전대 정령왕의 힘을 계승하고 각성한 바율의 능력은 상상 그 이상이었다.

"이제 완전히 통제 불능이야⋯⋯."

"⋯이러다 설마 우리 전부 다 죽는 건 아니겠지?"

불안감에 절로 끔찍한 말이 튀어나왔다.

제일 친한 친우의 손에 의해 목숨을 잃는다. 단 한 번도 가정해 보지 않은 생각이건만, 지금 상황에서는 그럴 가능성이 농후했다.

이지를 상실한 바율은 거칠 것이 없었다. 형의 죽음에 대한 진실을 알고 난 후, 녀석의 사고를 지배하는 건 오로지 분노뿐이었다.

작금의 녀석은 자신을 저지하려는 드래곤은 물론이거니와, 친부인 란데르트 공작마저 적으로 간주하는 실정이었다. 제 앞을 막는 자는 누구도 가만히 두지 않을 거란 위압감이 서려 있었다.

"데스! 데스가 어떻게 좀 해 보세요! 드래곤만 오면 안전해질 줄 알았는데, 그렇지도 않잖아요! 그냥 이대로 손 놓고 있다가는 진짜 큰일 나겠어요!"

"그래요, 데스! 데스도 마신이잖아요. 힘을 보태 주세요!"

"해밀턴이 문제가 아니고, 제국 전체가 사라질까 봐 무서워 죽겠다고요!"

에이단과 라나사가 데스를 양쪽에서 붙들고 사정했다.

다행히 아직까지는 바율의 파괴력이 인근에만 영향을 미치고 있었다. 드래곤들이 언제까지 버텨 내 줄 수 있을지 알 수 없는 이때, 마계의 총사령관인 데스가 가세한다면 어느 정도 형세는 누를 수 있으리라.

그들은 진정 그리 생각했다.

하나.

"너희, 바보냐?"

"…네?"

"전대 정령왕들은 이미 내 마기에 반기를 보였어. 지금 여기서 또 내 힘을 내보였다간 그야말로 걷잡을 수 없는 사태로 번질 수 있다고."

"아니, 대체 왜요? 데스는 바율에게 줄곧 호의적이었잖아요!"

"정령계의 멸망."

"뭐?"

줄곧 기민하게 정황만 살피고 있던 알레그리아가 대뜸 툭 하고 내뱉었다. 그에 친구들이 돌아보자 그녀가 마저 설명했다.

"정령계는 마계의 배신 때문에 더욱 빠르게 쇠망한 거야. 물론 주신이 개입한 이상 어차피 멸망을 피할 순 없었겠지만, 그래도 그리 허무하게 사라지진 않았겠지."

"그건 우리도 들어서 알고 있어."

"맞아. 그리고 배신자는 전대 마황이지, 데스가 아닌 걸?"

그로 인해 사랑하는 이를 잃고 격분한 크루델리스가 직접 제 손으로 아버지를 죽이고 마황의 자리에 올랐다는 건 이미 모두가 전해 들어 잘 아는 사항이었다.

"전대 정령왕들은 그들의 세계를 잃었어. 모든 걸 잃었다고. 그들에게 원수는 전대 마황 개인이 아니야. 그냥 마계 전체이지."

"그래. 그리아, 네 말이 맞을지도."

알레그리아의 의견에 동감한다는 양 퀸이 고개를 주억였다.

"본래 증오심이란 게 시간이 흐를수록 점점 더 제 몸집을 불리기 마련이거든. 그런 만큼, 전대 정령왕들에게 마족은 절대 호의적인 존재가 못 될 거야."

"그럼 어떡하자고? 이대로 드래곤들이 당하는 걸 보고만 있어? 정 안 되겠으면 우리라도 나서야지!"

정확히 뭘 할 수 있을지는 모르겠지만, 에이단으로선 가만히 지켜보고만 있을 순 없었다. 현 분위기를 보아하니 캐링스턴에 있는 가족들까지 걱정이 될 판이었다.

"컹컹!"

그때, 일행과 함께 있던 무하가 갑자기 짖어 댔다. 그에 본능처럼 녀석과 눈을 맞춘 에이단이 이내 맥없는 목소리로 대꾸했다.

"그래서, 조금 기다려 보자고?"

"컹!"

"무하. 네가 셰임을 좋아하는 건 알겠는데, 지금 돌아가는 사정이 말도 못 하게 심각해. 이대로 마냥 있다가는 우리 모두 다칠 수도 있단 말이야."

"왜, 무하가 뭐라고 그러는데?"

"셰임 얘기야?"

"어."

친구들의 질문에 에이단이 한숨을 내쉬며 접었던 허리를 폈다.

"셰임이 그랬잖아. 오늘 템페스타가 정령왕이 될 거라고."

"응, 그랬지."

"그러는 동안 드래곤들에게 주변을 지켜 달라고 부탁했 었고. 근데, 그게 왜?"

"그러니까 그걸 믿어 보래."

"…믿으라고? 지금 이 판국에?"

"응, 만약 진짜 위험한 일이 벌어질 거였으면 셰임이 미 리 알려 줬을 거라나? 결론적으로 다 괜찮을 거다, 뭐 그런 논리야."

"앗! 듣고 보니 그 말도 일리 있는데?"

조금 전까지만 해도 발을 동동 구르며 염려하던 라나사 였다. 그녀가 보라색 눈동자를 반짝거리며 희망찬 음성을 발했다.

"셰임은 미래를 예언했어. 만약 우리가 상상하는 그런 최악의 상황이 일어날 거였다면, 당연히 그 얘기도 해 줬겠 지!"

"그건…… 그렇지만……."

셰임의 성정이라면 거기에 더해 몸조심하라는 말까지 덧 붙이고도 남았다. 하나 그는 그러지 않았다. 오직 드래곤만 을 거론했을 뿐.

그렇다는 건, 과정이야 어찌 되었든 그들 선에서 마무리 가 될 거란 이야기인지도 몰랐다.

"우리가 너무 앞서 나간 것 같아. 봐. 힘에 부쳐 보이기는 하지만, 아직은 괜찮잖아. 심지어 이사장님은 변하지도 않으셨다고."

그들이 근심하는 사이, 원로들 대다수가 본체로 현신해 있었다. 그래야만 온전한 힘을 발휘할 수 있기 때문이었다.

그러나 라예가르는 여전히 인간형의 모습이었다. 그럼에도 일말의 고통스러운 기색조차 찾아볼 수 없는 걸 보면, 역시 드래곤 로드다웠다.

"글쎄. 난 생각이 좀 다른데."

데스가 이상한 소리를 뱉은 것은 그때였다.

"너희가 아무래도 속은 것 같군. 셰임에게 이런 약은 면이 있을 줄이야."

피식 웃기까지 하는 데스를 보며 친구들은 어리둥절했다. 당최 그가 무슨 말을 하는 건지 이해할 수가 없었다.

"데스, 갑자기 그게 무슨 말이에요?"

"우리가 속다니요?"

"셰임이 거짓말을 했다는 겁니까?"

"아니, 엄밀히 따지자면 거짓말은 아니지. 정령은 그런 걸 하지 못하는 존재거든."

"그럼요?"

"단지, 말을 안 했을 뿐."

"말을 안 해요?"

"대체 무슨 말씀을 하는 거예요?"

"곧 알게 될 거야."

이렇게 순도가 진한 마력이라니.

바율이 뿜어내는 마기가 자극이 된 듯, 데스에게서 순간 섬뜩한 안광이 흘러나왔다. 그것은 마치 무언가의 시작을 알리는 신호 같았다.

아니나 다를까.

"크아학!"

"으아아아!"

별안간 사방에서 비명이 쏟아졌다. 이전과는 비교조차 할 수 없을 정도로 거친 괴성이 난무하며 대기가 요동쳤다.

"뭐, 뭐야?"

"얘, 얘들아! 저건……!"

언제고 본 적 있는 장면이었다. 가국에서의 일을 마치고 돌아오던 뱃길에서 만난 블루 드래곤 세라리카. 그녀가 그들을 죽이려 브레스를 내뿜었을 때, 놀랍게도 바율은 그것을 역으로 집어삼켰다.

당시 마신인 데스와의 강한 친화력으로 상대의 힘을 흡수하는 권능을 지니게 된 녀석이, 저도 모르게 능력을 발휘한 것이다.

그리고 그것이 다시 발현되고 있었다. 그때와 다른 점이라면, 드래곤이 하나가 아니란 것이었다.

바율의 폭주를 막기 위해 괴로움도 참아 가며 모든 힘을 쏟아붓고 있던 드래곤들은 어느 순간부터 자신들의 에너지를 바율에게 빼앗기고 있다는 사실을 자각했다.

무서운 속도로 빠져나가는 기운에 놀라 멈추려 했지만 소용없었다. 끌어당기는 힘이 엄청나게 셌다. 이러다 가진 원기마저 털릴까 봐 두려울 지경이었다.

"바율이 지금 드래곤들의 기운을 흡수하고 있는 거, 맞지?"

"흡수? 저건 강탈이야."

라예가르를 바라보는 일라이의 시선이 초조해졌다. 그는 여전히 굳건했지만, 아들인 일라이로서는 행여 아버지가 다른 이들처럼 바율에게 힘을 뺏기면 어쩌나 싶은 눈치였다.

가뜩이나 남은 생이 얼마 되지 않는다. 만약 여기서 기운을 잃는다면 그 시간은 더 줄어들고 말 것이다. 그럼 일라이는 상대가 아무리 바율이라도 용서할 수 없었다.

"바율에게 저런 능력이 있는 줄은 몰랐는데, 혹시 당신의 영향인가요?"

데스를 향해 묻는 알레그리아는 상당히 놀란 얼굴이었다.

왜 아니겠는가.

바율의 능력을 풀어서 설명하면 어떤 적과 싸워도 승리할 거란 뜻이나 마찬가지였다. 상대의 힘을 빼앗아 오기만 하면 되니까 말이다.

'어쩌면, 아버지와 견주어도……'

"기대를 무너뜨려서 미안하지만, 누구에게나 통하는 건 아니야."

알레그리아의 심리를 꿰뚫어 본 데스가 히죽거리며 말했다.

"특히 주신처럼 강한 상대에게 저런 게 먹힐 리 없지."

"…그렇군요."

잠시나마 희망에 부풀었던 게 억울한 양 알레그리아가 미간을 찡그렸다.

드래곤들의 비명이 멈춘 것은 바로 그때였다. 허공에 떠 있던 자들이 끈 떨어진 마리오네트 인형처럼 지상으로 쿵쿵 추락했다.

"아빠!"

다행히 라예가르는 그 무리에 속하지 않았다. 대신 원로들의 안위를 살피기 위해 그가 재빠르게 움직였다.

파핫!

바율로부터 눈부신 섬광이 터진 것은, 무섭게 휘몰아치던 사대 원소의 기운이 완전히 사라짐과 동시였다. 급작스레 기괴한 적막과 함께 은백색 불꽃이 일대를 완전히 뒤덮었다.

흡사 시간이 멈추기라도 한 것 같은 기묘한 현상이었다. 찰나였지만 시공간을 아우르는 모든 물체가 정지한 듯한 느낌이랄까.

그리고, 그 빛이 사라지고 난 자리.

그곳에 그가 있었다.

외형은 거의 그대로였지만, 어딘지 전보다 성숙해진 분위기를 물씬 풍기는 템페스타.

녀석이 냉기가 뚝뚝 떨어지는 차디찬 눈빛으로 어딘가를 바라보고 있었다.

고오오오—

스산한 바람이 그런 템페스타를 중심으로 다시금 크기를 키워 갔다.

"테, 템페스타가 드디어 정령왕이 된 건가?"

"어, 그런 것 같아······."

일행은 일제히 고개를 들고 템페스타를 멍하니 올려다보았다.

고대하고 고대하던 순간이었다.

사대 정령 모두가 정령왕이 되기만을 바율만큼이나 바라던 그들이었으니까.

하지만 지금은 마냥 여유롭게 그런 기쁨을 누릴 만한 상황이 아니었다. 바율의 상태가 정상이 아니었기 때문이다.

가뜩이나 녀석의 정신이 불안정한 이때, 성격이 제멋대로인 템페스타마저 정령왕이 되었다.

과연 둘의 조화가 어떤 결과를 불러올지 친구들은 새삼 두려웠다.

Chapter 7.
괴물

1.

"너희는 괜찮으냐?"

힘을 잃고 지면에 쓰러져 있는 드래곤들을 한곳으로 모은 라예가르가 서둘러 아들과 친구들에게로 다가왔다. 외견상으로는 다들 멀쩡해 보였지만, 혹시나 하는 염려 탓이었다.

대부분의 원로들이 쓰러졌다.

만일 바율이 재차 폭주한다면, 녀석을 막을 이는 이제 라예가르와 란데르트 공작뿐이었다.

하나 템페스타까지 정령왕이 되었는데 과연 그게 가능할까?

공기 중에 퍼진 묘한 긴장감 탓에 라예가르를 반갑게 맞이하지도 못하고, 친구들은 애꿎은 침만 꿀꺽 삼켰다. 일라이만이 붉은 눈동자를 이리저리 굴리며 제 아버지의 몸을 샅샅이 훑어볼 뿐이었다.

"우, 움직인다!"

허공에 떠 있던 바율이 천천히 바닥으로 내려선 것은 그때였다. 이전처럼 폭풍이 휘몰아치고 있지는 않았지만, 그렇다고 마냥 안심할 수도 없었다. 본디 고요한 분노가 훨씬 무서운 법이었으니까.

"아직도 그 생각에는 변함이 없으십니까?"

물음의 상대는 이 난리에도 용케 목숨을 보전한 리암이었다. 그의 옆에는 아들인 데릭이 이를 닥닥 부딪치며 벌벌 떨고 있었다.

건물 잔해에 긁힌 듯, 리암의 한쪽 뺨에서 붉은 핏물이 주룩 흘러내렸다. 그것을 무심하게 손으로 닦아 낸 그가 힘겹게 몸을 일으켰다.

"무엇이 더 알고 싶은 것이냐. 내 할 말은 이미 다 한 듯한데."

"…시작은 숙부의 의지가 아니었잖아요."

"홋, 바율. 정말 그리 생각하느냐?"

리암이 일그러진 눈빛으로 제 조카를 응시했다.

"바일을 사지로 몰아넣은 저들은 나의 수족과도 같다. 내 속을 온전히 털어놓을 수 있는 유일한 놈들이기도 했고."

무언가를 정리하듯 그가 잠시 쉬었다가 다시 말을 이었다.

"내가 제대로 된 인간이었다면 그때 저들을 벌하였겠지. 하지만 내 선택은 너도 알다시피 그게 아니었다."

리암이 돌연 란데르트 공작을 향해 돌아섰다.

"저는 뭐 하러 살리셨습니까. 어차피 죽을 몸뚱이, 그냥 내버려 두지 그러셨어요."

형을 바라보는 리암의 눈길에는 원망이 담겨 있었다.

란데르트 공작은 바율의 폭주를 막아 내는 와중에도 제 동생과 조카를 챙겼다. 용서할 수 없는 죄를 저지른 동생이나, 차마 그대로 죽게 내버려 둘 순 없었다.

"처음이 어찌 되었든, 저는 결국 형님을 배신했습니다. 핏줄에 얽매이지 마십시오. 이미 오래전에 타락한 인생입니다."

"넌…… 변명조차 하지 않는구나."

"형님에게 배운 것입니다."

"한 번도…… 단 한 번도 후회하지 않으셨습니까?"

주먹을 그러쥔 채 바율이 짓씹듯 느릿하게 물었다. 그 물음에 찰나였지만 리암의 눈동자가 흔들렸다. 그러나 그의 말투는 처음과 변한 바가 없었다.

"바율, 그게 중요하느냐?"

속으로 백번, 천 번, 수만 번을 후회했다. 하지만 그걸 말한다고 해서 달라질 건 아무것도 없었다.

"이미 말했다시피 난 과거로 돌아가도 같은 선택을 할 것이다. 그게 조카인 네 앞에서 한없이 자애로운 척 굴던 나의 민낯이지."

그러니 죽이거라.

더는 망설이지 말고 내 목을 졸라.

속죄라는 단어를 제게 붙이는 건 사치였다. 자신은 끔찍한 짓을 저질렀고, 그에 대한 처벌을 받는 게 마땅하다. 우습게도 그 정도의 양심은 아직 남아 있었다.

"어지간히도 죽고 싶으신 모양입니다."

리암을 뚫어지게 노려보고 있던 바율이 불현듯 히죽 웃었다. 녀석의 미소를 여러 해 봐 왔지만, 이토록 섬뜩한 느낌을 받는 건 처음이었다. 그에 저도 모르게 오한이 서렸으나, 리암은 애써 담담한 척 말했다.

"자결을 하라면 그리하겠다."

삶에 대한 미련 따위는 진즉에 버렸다. 대지의 기억을 알고 난 이후로 이런 순간이 제게 닥칠 것임을 이미 예감하고 있었다.

"…죽음은 때론 가장 가벼운 형벌이라고 하더군요."

그런 리암의 속내를 읽기라도 한 것일까.

바율의 눈동자가 서서히 은백색으로 물들어 갔다. 그와 동시에 검은 연기가 그에게서 새어 나왔다. 데스에게만 보이는 그 검은 연기는 이제껏 마주했던 어떤 것보다 짙고 까맸다.

"혹시라도 미리 말씀드리는데, 제게 애원하지 마십시오. 아무리 작은아버지라도, 제게는 형을 죽인 원수입니다. 절대 곱게는 못 보내 드린다는 뜻입니다."

바율의 입매가 잔혹하게 비틀렸다. 제 아들에게서 나온 말이라곤 믿기지 않는다는 양 란데르트 공작의 두 눈이 크게 벌어졌다.

"끄아아악!"

그때 별안간 리암이 외마디 비명을 질렀다. 지독한 두통이 머리를 강타하자 뇌가 지글지글 끓는 듯한 통증이 느껴졌다.

"아, 아버지!"

벌벌 떠는 와중에도 그런 아버지가 걱정되었는지, 데릭이 서둘러 부축하려 했다. 하나 그러기도 전에 리암은 정신없이 바닥을 굴렀다.

어느덧 그의 눈과 입, 코와 귀에서 붉은 피가 새어 나왔다. 금세 얼굴 전체가 핏물로 범벅이 되며 비릿한 혈향이 일대에 풍겼다.

"바율."

란데르트 공작은 아들을 말리려 나섰다. 그의 속이라고 리암을 두고 보는 것이 편할 리 없었다. 그 어린 것이 겨우 힘겹게 뭍으로 기어 나왔거늘, 숨 한 번 돌릴 겨를 없이 발길질에 차여 다시금 차가운 강물 속에 빠졌다.

당시만 생각하면 그 역시 피가 거꾸로 솟는 느낌이었다. 제아무리 동생이라도 공작 또한 인간이기에 살심이 끓어올랐다.

하지만 피를 쏟아 내며 고통에 발악하는 모습을 보고 있자니, 차마 두고 보기가 어렵다. 전쟁 중 적국의 부상병을 만나도 일 수에 목숨을 걸어 주는 것이 기사의 도리였다.

"그만하거라."

"싫습니다."

"내가 하겠다."

"……."

"이 아비가 취할 테니 너는 그만 물러나거라."

"형이…… 바일이…… 얼마나 고통스러웠을지 생각해 보신 적 있습니까?"

당연히 있다마다. 할 수만 있다면 공작은 제가 대신 죽었기를 수만 번도 더 빌었다.

지금이야 바일이 정령계에 머물고 있음을 알고 있지만, 그 사실을 몰랐던 지난날엔 아들과 함께 있어 주지 못한 것을 매일 밤 후회하고 또 후회했다.

"이건 시작에 불과합니다."

쇄애액!

바율의 말이 끝나기가 무섭게 날카로운 바람이 리암을 스치고 지나갔다.

"끄아!"

바람의 칼날은 잔인했다. 인간의 신체 부위에서 가장 아픈 곳만을 골라 가늘고 얇게 자상을 남겼다.

리암의 온몸은 온통 피투성이였다. 극한의 통증을 견디다 못해 눈알이 뒤집히고, 입에서는 피거품이 솟았다.

"아버지!"

데릭이 울음을 터뜨리며 바닥에 주저앉았다.

"내가 이렇게 빌게! 제발 우리 아버지를 살려 줘! 바율, 내가 다 잘못했어!"

그가 양손을 모은 채 바율에게 빌고 또 빌었다. 예전의 바율이라면 한없이 마음이 약해지고도 남았겠지만, 현재의 그는 그런 행동마저도 우습다는 듯 입꼬리를 비죽거릴 뿐이었다.

란데르트 공작은 그런 아들을 망연자실 바라보았다. 사건의 진실을 떠나서 바율의 변한 모습에 충격을 받은 것이다.

그리고 그건 친구들도 마찬가지였다.

아카데미에 입학했을 때에 비하면 많은 게 달라진 바율이긴 했지만, 이런 광경을 목격할 거라곤 아무도 예상하지 못했다.

숙부를 잔인하게 고문하며 웃음 짓는 바율의 모습은 그들에게도 소름이 끼쳤다.

"저러다 잡아먹히겠군."

바율이 하는 꼴을 조용히 지켜보고 있던 데스가 사뭇 심각하게 입을 뗐다.

"무슨 뜻입니까?"

퀸은 왠지 그 말속에서 불길한 기운을 감지했다.

"너희 눈엔 지금 바율이 어떤 것 같아?"

리암이 괴로움에 발버둥을 치면 칠수록 바율의 입가엔 미소가 점점 더 진해졌다. 은백색과 잿빛이 빠른 속도로 번갈아 나타나는 눈동자 또한 즐거움에 빛을 발하고 있었다.

"…즐기는 것 같아요."

"녀석답지 않게……."

직접 보지 못했다면 절대 믿지 못했을 풍경이었다. 아무리 전대 바람의 정령왕에게 영향을 받고 있다지만, 바율에겐 어울리지 않는 모습이었다.

"아니, 틀렸어."

데스의 목소리가 한없이 가라앉았다.

"녀석은 절망하고 있는 거다. 저렇게 짙은 절망은 흔하지 않지."

"녀석이 절망하고 있다고요?"

보이는 것과는 너무 딴판인데요?

소리 없는 그 질문에 데스는 그저 어깨를 으쓱였다.

"고통을 숨기고 싶은 모양이야."

"그게 무슨……."

"저 숙부 놈에게 보여 주고 싶지 않은 거겠지."

데스는 한숨을 내쉬며 중얼거렸다.

"아몬이 이래서 나보고 가라고 했군. 문제는 저러다 괴물이 될 수도 있다는 건데……."

데스와의 친화력으로 절망을 다룰 수 있게 되었다지만, 바율은 마족이 아닌 인간이었다. 감당할 수 있는 한도치를 초과한다면, 녀석은 오히려 거기에 잡아먹힐 수가 있었다. 그렇게 되면 그저 절망만 갈구하는 괴물로 전락하게 되는 것이다.

"괴, 괴물이라니요?"

"말도 안 돼요! 바율이 어떤 녀석인데……!"

"그런 이상한 소리는 하지도 마세요!"

자극적인 단어에 버럭 화를 내면서도 친구들은 가슴이 철렁했다.

다른 누구도 아닌 데스의 말이었다. 절망의 신이자 마계 최고 사령관.

"그럼 어찌해야 하나?"

아들의 망가지는 꼴은 란데르트 공작도 두고 볼 수 없었다. 어느새 일행 곁으로 다가온 그가 데스를 향해 간곡하게 물었다.

"방법이야 있기는 한데…… 당신이 그걸 할 수 있을까?"

묻는 말에 답은 않고 되레 되묻는 데스를 공작이 가늘어진 시선으로 쳐다보았다. 그게 무엇이든 얼른 대꾸나 하라는 무언의 압박이었다.

그에 데스가 눈썹을 들었다 올리며 가벼운 투로 말했다.

"때려."

"뭐?"

"정신 나간 놈을 원래대로 돌아오게 하려면 정신 차릴 때까지 패는 수밖에 없어. 마계에서 내가 주로 사용하는 방식이지."

그러다 죽는 경우가 허다했지만.

"데스, 미쳤어요?"

"지금 공작 전하께 아들인 바율을 공격하라는 겁니까?"

"그럼 뭐, 다른 수라도 있어?"

일행의 힐난에 데스가 보란 듯이 바율을 턱으로 가리켰다.

"저게 얼마나 갈 것 같아? 안 그래도 전대 바람의 정령왕은 성격 파탄자였는데, 그에 못지않게 성격 더러운 녀석마저 정령왕이 되었다고. 그 와중에 지금 바율은 절망 속에 고통스러워하는 중이고. 어쩌면 차후 모든 걸 둘에게 맡겨 버릴지도 몰라."

"마, 맡겨요?"

"버거운 상황을 탈피하기 위한, 아주 좋은 수단 아니겠어? 도망 말이야."

하나뿐인 쌍둥이 형을, 의지하고 존경해 마지않았던 작은아버지가 죽었다. 그 사실을 받아들이는 과정에서 바율은 분명 엄청난 스트레스를 느꼈을 터.

아마도 인간계의 종말을 논한다고 해도 그리 큰 비약은 아니리라.

2.

"바율, 제발……!"

란데르트 공작과 친구들이 사태 해결에 대해 논하는 동안, 리암의 몰골은 더욱 처참해지고 있었다. 더는 망가지기 어려운 상태라 여겼거늘, 바율은 어떻게 하면 고통을 가중할 수 있는지 아주 잘 아는 것 같았다.

데릭은 숨만 겨우 몰아쉬고 있는 아버지 곁으로 엉거주춤 기어가 바율에게 다시 한번 빌었다.

"이러다 정말 돌아가시겠어. 그간의 정을 봐서라도 그만 멈춰 주면 안 되겠니?"

눈물로 범벅이 된 얼굴을 하고선 그가 애원했다. 눈앞의 사촌 동생이 악마처럼 굴고 있었지만, 데릭은 녀석의 어린 시절을 기억하고 있었다. 그때의 바율이라면 분명 용서해 줄 것이란 실낱같은 희망이 있었다.

"데릭 형."

바율의 음성이지만, 마치 모르는 사람의 것 같기도 한 묘한 목소리가 고저 없이 녀석에게서 흘러나왔다.

"어, 어! 말해. 나, 나 듣고 있어!"

데릭이 무릎걸음으로 바율을 향해 두어 걸음 다가갔다. 그는 진심이었다. 바율이 제 아비를 살려 주기만 한다면 녀석의 신발도 핥을 각오가 되어 있었다.

"제가 숙부를 왜 죽이겠어요."

"그, 그렇지?"

바율의 느른한 어조엔 아직 해소하지 못한 분노가 어려 있었지만, 불행히도 데릭은 그것을 미처 눈치채지 못했다.

"그건 너무 쉽잖아요."

"…뭐?"

"고작 죽음 따위로 제게 용서를 비시는 겁니까? 제가 그걸로 만족할 수 있을 것 같아요? 바일의 육신이 살아 돌아올 것도 아닌데?"

"그, 그럼 뭘 어쩌려고……."

"생각 중입니다."

바율은 표정을 굳힌 채 리암을 내려다보았다. 시간이 흐를수록 점점 더 분노의 농도가 짙어졌다. 온몸을 갈기갈기 찢어 죽이고픈 생각이 들다가도, 그건 그가 저지른 죄의 대가에 비해 너무 약하다는 마음이 계속해서 생겼다.

"바율! 아버지는 한순간 실수하신 걸 거야! 친자식인 나보다 널 더 위하셨던 분이라고!"

데릭은 당장 아버지가 어찌 될까 싶어 다급히 소리쳤다.

"내가 그래서 얼마나 질투를 했었는데! 너는 모르겠지만 늘 말씀하셨어! 넌 몸이 약하니까 잘 보살펴 줘야 한다고 말이야!"

"그랬습니까?"

"그러니 제발 목숨만이라도…… 아악!"

별안간 목에서 느껴지는 통증에 데릭이 양손으로 제 목을 쥔 채 뒤로 자빠졌다. 그런 그의 손은 어느덧 피로 범벅이 되어 있었다.

"……!"

아픈 건 둘째였다. 데릭은 아무리 입을 벌려도 소리가 나지 않는다는 사실에 경악했다.

"시끄러워서요."

사촌 형의 성대를 단칼에 잘라 버린 것치고 바율의 음성은 건조했다.

"바율! 그만하거라!"

놀란 란데르트 공작이 다급히 달려와 조카의 앞을 막아섰다. 바율이 데릭까지 건드릴 거란 생각을 하지 못한 건 명백한 그의 실책이었다.

"네 숙부는 아비가 처리하겠다. 그러니 너는……."

"아니요. 제가 하겠습니다."

공작의 말을 자르는 바율의 눈에 어느 순간부터 핏발이 섰다. 잿빛과 은백색을 왔다 갔다 하던 녀석의 눈동자는 이제 완전한 칠흑빛을 띠고 있었다.

뿐인가.

검은 연기가 바율의 주변에서 뭉게뭉게 피어올랐다. 그 것은 절망의 신인 데스에게만 보이는 현상이었지만, 기민한 감각을 지닌 란데르트 공작에게도 무언가 불온한 느낌이 전해졌다.

'절망'에 잡아먹히면 괴물이 될 거라고 하였다.

늦게 알아 버린 참혹한 진실 앞에서 모든 걸 내려놓으려는 아들.

그런 녀석을 보고 있으려니 안타까운 마음이 드는 한편, 괴로움의 고통이 어느 정도일지 짐작이 가 공작은 가슴이 미어졌다.

"바율, 정신 차리거라."

"……."

"이건 네 의지가 아니야. 혼자서 감당하려고 하지 말라고 아비가 몇 번을 말하였느냐."

"그래서 그간 저를 그리 내버려 두셨습니까?"

"함께 풀어 보자. 너도 나중에 분명 후회하게 될 것이야!"

"아니요. 이제 전 후회 따위는 하지 않을 겁니다. 날 속이고 기만한 자들을 절대 가만히 두지 않을 거예요."

휘이이잉.

바람이 몰아쳤다. 결심을 굳힌 듯, 바율이 허공 위로 날아올랐다. 녀석의 주변을 감도는 가공할 기운이 순식간에 돌풍을 만들어 냈다.

그것은 한 줌의 망설임도 없이 리암과 데릭을 향해 돌진했다.

파핫!

란데르트 공작이 도약한 것은 거의 동시였다.

"이야합!"

그의 검이 기합성과 함께 돌풍을 정확히 반으로 갈랐다. 잘려 나간 바람의 조각들이 사방으로 튕기며 펑펑 요란하게 터졌다.

"절 막지 마십시오. 처음이자 마지막 경고입니다."

핏발 선 바율의 눈이 더욱 적색으로 물들었다. 이번엔 뜨거운 불길이 공작을 향해 쏘아졌다.

"야! 바율! 너 진짜 미쳤어?"

"아버지도 몰라보면 어쩌자는 건데!"

그 광경을 고스란히 지켜보고 있자니 친구들은 답답해서 돌아 버릴 지경이었다. 데스의 말처럼 절망인지 뭔지에 당한 건지, 바율은 정녕 제정신이 아닌 것 같았다.

녀석이 마치 계단을 밟듯 공중에서 빠르게 이동했다. 그런 그의 손엔 어느덧 시뻘건 불덩이가 들려 있었다.

쑤아아앙!

리암과 데릭이 웅크린 곳을 향해 맹렬하게 날아가는 불덩이를 보며, 란데르트 공작이 민첩하게 몸을 날렸다.

쇄애액—

쾅!

조금 전 그러했듯이, 불덩이 또한 공작의 검에 막혀 그대로 산산조각 났다.

그러자 바율의 미간에 가는 빗금이 그어졌다. 제 공격이 연달아 무위로 돌아간 것이 마음에 들지 않는 눈치였다.

화르르!

하지만 단지 그뿐, 녀석의 주변으로 금세 수십 개의 불덩이가 피어올랐다.

같은 시각, 공작의 발밑에선 땅거죽이 갑작스레 거미줄처럼 튀어나오더니 그의 발을 휘감았다.

"핫!"

하나 란데르트 공작이 누구인가. 그는 단순히 발목을 비트는 동작만으로 손쉽게 그 자리에서 벗어났다.

쑤아아아!

수십 개의 불덩이는 이미 리암과 데릭을 덮치기 직전이었다. 친구들은 모두 이번만은 공작이 막지 못할 거라고 생각했다. 빠르기도 빠르기지만, 매서운 열기가 그들에게까지 전해질 정도였기 때문이다.

그러나 그것은 괜한 기우였다. 란데르트 공작은 일말의 표정 변화도 없이 날아오는 불덩이를 향해 검을 들어 올렸다.

콰과과과쾅!

무엇을 어떻게 한 것인지 알 수 없었다. 모든 게 너무 삽시간에 벌어졌다.

일행에게 공작은 그저 가만히 서 있기만 한 것 같은데, 바율이 날린 불덩이가 무언가에 부딪치며 저마다 화려한 불꽃을 터뜨리고 사라져 갔다.

"……."

란데르트 공작은 무거운 시선을 들어 아들을 쳐다보았다. 겉모습은 분명 바율이었다. 그러나 풍기는 분위기며 기운은 무척 낯설기만 하다.

정녕 이 방법밖에는 없는 것인가.

아무리 아들을 위해서라지만 녀석을 향해 검을 드는 일만은 피하고 싶은 게 아비의 마음이었다. 그러나 데스의 경고처럼 바율은 이미 대화가 불가능한 상태였다. 그렇다면 그의 전공을 발휘하는 수밖에 없다.

콰직!

이제껏 방어만 하던 공작이 검을 곧추세운 채 바율을 향해 달려나갔다.

콰광!

엄청난 폭음이 몰아쳤다. 공작은 그새 다른 사람이라도 된 듯했다. 어마어마한 힘의 세기는 물론이며 도무지 그 움직이는 속도를 따라갈 수가 없었다.

그가 마음먹고 공격을 퍼붓자 바율은 수비하기에 급급했다. 덕분에 지켜보는 이들 입장에선 간이 콩알만 해지는 기분을 수차례 느껴야만 했다.

"근데…… 지금 좀 이상하지 않아?"

그러던 어느 순간, 라나사가 친구들을 돌아보며 의문을 표했다.

"셰임 말대로 템페스타가 정령왕이 되었잖아. 그럼 정령계가 복원되었다는 건데, 왜 아무런 변화가 없어? 통로가 열리고, 바일이 나타나서 바율을 말릴 거라면서?"

"맞아, 그랬지."

험악해진 분위기에 미처 깜박했던 사실이 떠오르자 친구들이 저마다 호들갑을 떨었다.

"셰임, 어디 있어요! 셰임! 빨리 나와 보라고요!"

바율은 현재 오로지 본인의 힘만으로 아버지를 상대하고 있었다. 어딘가에 있을 정령들을 떠올리며 친구들이 고래고래 소리를 질렀다.

"무슨 일입니까?"

일행이 딛고 있는 발아래에서 셰임이 툭 튀어나온 것은 얼마 되지 않아서였다.

"셰임, 이 자식!"

녀석을 보자마자 일라이가 기다렸다는 듯 달려들었다.

"너, 일부러 드래곤들 끌어들인 거지? 원로들 힘을 이용해서 템페스타 정령왕 만들려고 네가 수 쓴 거 맞지?"

하마터면 거기에 라예가르도 휘말릴 뻔했다. 일라이가 셰임을 죽일 듯 노려보며 멱살을 쥐고 흔들었다.

가뜩이나 기력을 많이 썼을 텐데, 쓰러진 원로들을 돌본다고 치료 마법을 연달아 시전 중인 라예가르 때문에 일라이는 화가 머리끝까지 난 상태였다.

"변명하지 않겠습니다."

그걸 아는지 모르는지 셰임이 짧게 대답했다.

사실 일부러는 아니었다. 도시를 지키기 위해선 드래곤의 힘이 필요한 것이 사실이었고, 그 과정에서 템페스타가 정령왕이 되는 건 그저 수순이었을 뿐이다.

그러나 그건 불필요한 얘기라 생각했기에 입을 다무는 쪽을 선택했다. 그야말로 셰임다운 결정이었다.

"와, 이 약아빠진 자식! 예전에 수줍어하던 놈이랑 동일인 맞아?"

그 사정을 모르는 일라이는 기막혀하며 셰임을 뿌리치듯

밀었다. 계속 상대했다간 제 속만 열불이 날 게 자명해서였다. 그리고 지금은 그게 중요한 것도 아니었고.

우우우웅—

기이한 울림이 전해진 것은 그때였다.

"또 뭐냐?"

"이 판국에 천족이라도 쳐들어오는 건 아니겠지?"

"얘들아, 바율 목!"

주위를 재빨리 휘둘러보던 라나사는 문득 언제부턴가 번쩍거리고 있던 바율의 목에 시선이 꽂혔다.

"펜던트가 빛나고 있어!"

녀석의 목에 걸린 펜던트는 분명 정령계와 통하는 통로라고 했었다.

"그러면…… 설마?"

그걸 인지한 순간, 이제까지와는 전혀 다른 질감의 공기가 피부에 촉촉이 와 닿았다.

그 진원지는 일행의 머리 위.

본능처럼 다 같이 하늘을 향해 고개를 든 그들은 일렁이는 대기 속에서 무언가를 발견했다.

"…잎사귀?"

그것은 푸른 나무였다. 긴 나뭇가지와 파란 이파리가 바람을 타고 흐느적거렸다. 이상한 건 그 나무가 사람의 형상처럼 보이기도 한다는 점이었다.

바율의 쌍둥이 형 바일.

친구들은 그를 본성에 걸린 초상화로만 만나 보았었다. 바율보다 형이지만, 열네 살의 모습에서 멈춘 소년. 그리고, 이제는 세계수의 관리자로서 정령계를 지키고 있는 존재.

셰임의 말대로였다.

바일이 나타난 순간, 서로에게 검을 겨누던 바율과 공작의 움직임이 뚝 멈추었다. 부자는 똑같이 홀린 듯한 눈을 하고, 지상으로 찬찬히 내려오는 바일을 바라보았다.

핏발이 서 있던 바율의 눈동자가 서서히 본래의 색을 찾아 갔다.

녀석의 가슴이 두방망이질 치며, 한순간 머릿속이 텅 빈 듯한 느낌에 휩싸였다.

그건 란데르트 공작도 비슷했다. 분명 항상 그리워하긴 했다. 하나 이렇게, 이런 식으로 떠나보낸 아들을 다시 만날 거라곤 예상하지 못했다.

Chapter 8.
주신의 딸

1.

"아버지."

먼저 입을 연 건 바일이었다. 묘한 울림이 서린 그 음성에, 얼이 나간 채 미동조차 없던 란데르트 공작의 어깨가 움찔거렸다.

그는 흡사 4년 전으로 되돌아간 듯한 느낌을 받았다.

단 한시도 잊은 적 없는 아들의 얼굴.

바쁜 저를 대신해서 몸이 약한 동생을 돌보면서도, 학업과 무예 어느 것 하나 빠지지 않고 훌륭하게 해내었던 자랑스러운 제 자식.

그때와 조금도 달라지지 않은 모습으로 저를 향해 환하

게 웃고 있는 바일을 마주하자 공작은 가슴속에서 울컥하고 무언가가 치받쳐 올라왔다.

녀석을 만나면 하고픈 말이 참 많았다.

하지만 이 순간, 아무것도 생각이 나지 않았다. 선뜻 움직일 수조차 없었다.

그저 꿈인 것만 같아서.

손을 뻗으면 행여 눈앞의 녀석이 신기루처럼 사라질까 봐 공작은 무엇도 할 수가 없었다.

꿈이라도 좋으니 절대 깨어나지 않았으면 하는, 평소 그답지 않은 바람만이 들 뿐이었다.

"아버지."

그런 공작의 심경을 알아차린 것일까.

바일이 다시 한번 아버지를 부르며 천천히 다가왔다. 녀석이 걸음을 내디딜 때마다 나뭇잎이 바람에 부딪혀 바스락거리는 듯한 소리가 함께 들려왔다.

기이하면서도 신기한 광경이었다.

세계수의 관리자가 되었다는 바일은 그 자체로 곧 세계수인 것 같기도 했다. 인간과 나무의 형상이 번갈아 가며 일행의 시야를 채웠다. 그로 인해 작금의 상황이 더욱 현실성 없이 느껴졌다.

그들이 그렇게 멍하니 바일의 움직임을 좇는 사이, 어느덧 그가 란데르트 공작의 앞에 가 섰다.

"그간 강녕하셨지요?"

자신보다 한참이나 큰 아버지를 올려다보며 바일이 꺼낸 첫마디는 안부 인사였다.

무려 4년 만의 상봉이었다. 그럼에도 녀석의 말투는 고작 사나흘 정도 떨어져 지내다 만난 것처럼 여상하기만 했다.

하나 란데르트 공작에게는 보였다. 아들의 눈가가 서서히 젖어 가고 있음이. 양쪽 어깨 또한 잘게 떨리기 시작했음이.

"바일……."

공작은 목이 메어 말을 잇기가 어려웠다. 이제야 비로소 실감이 나며 만감이 교차했다. 아들을 다시 만난 게 한없이 기쁘면서도, 한편으로는 그날의 기억이 떠올라 괴로웠다.

아비가 돼서 아들을 지켜 주지 못했다는 죄책감.

그것은 바일이 살아 돌아왔음에도 쉽게 지워지지 않았다. 아마도 온전한 육체를 소유하지 못했기에, 인간이 아닌 다른 존재가 된 것을 목도했기에 더욱 그럴지도 몰랐다.

기실 이렇게 재회한 것만으로도 이미 기적이거늘, 부모의 마음이란 게 그랬다. 당시 바일이 느꼈을 두려움과 공포, 끔찍했을 아픔과 고통을 그는 평생 잊고 살 수 없을 터였다.

"뵙고 싶었습니다."

눈물이 그렁그렁한 채 바일이 울먹이는 목소리로 고백했
다.

"이런 순간을 얼마나 기다렸는지…… 아버지는 아마 모
르실 거예요."

"…그러했느냐?"

공작 역시 같은 마음이었다. 녀석의 생존 소식을 처음 접
했던 때부터 하루도 빠지지 않고 오늘 같은 날을 꿈꾸었다.

뿐인가.

바일이 세계수나 마찬가지라는 사실을 안 이후로, 그는
거의 모든 업무를 팔레즈 호텔의 옥상에서 해결했다. 정확
하게는 세계수 아래에서.

그것만으로 떠나간 아들에 대한 그리움을 전부 달랠 순
없었지만, 그나마 조금의 위안은 삼을 수 있었다.

"나도…… 보고 싶었다."

챙그랑!

공작의 손에서 검이 떨어지고, 그가 떨리는 손길로 아들
의 두 뺨을 조심스럽게 감쌌다.

바일의 얼굴은 어느새 눈물범벅이었다. 그간 잘 참아 왔
다고 생각했거늘, 아버지의 손길 한 번에 서러움이 물밀 듯
이 몰려들어 감정을 주체하기가 힘들었다.

과거 태고의 신물인 세계의 문을 통해 인간계와 정령계의 통로가 잠시 열렸던 순간, 바일은 어머니와 함께 올 수 없었다. 당시 막 세계수의 관리자가 된 탓에 해야 할 일이 많았기 때문이다. 속으로는 수십 수만 번도 더 따라 나오고 싶었지만, 그땐 세계수만으로도 벅찬 상태였다.

"미안하구나."

아들의 눈물을 닦아 주며 공작은 사과했다.

어린 널 혼자 두어서.

어두운 강물 속을 헤매게 만들어서.

"아닙니다, 아버지."

바일은 강하게 고개를 저었다.

"그것이 어찌 아버지의 잘못이란 말입니까. 그건…… 사고였습니다. 어쩔 수 없이 벌어진 불의의 사고요."

"숨길 필요 없다. 이제는 이 아비도 다 알고 있으니."

공작의 말에 찰나지만 바일의 눈동자가 바닥에 쓰러진 리암에게 향했다. 그 행동이 증명하는 바는 하나. 녀석은 제가 누구에 의해 죽임을 당했는지 안다는 뜻이었다.

"……."

공작의 눈빛이 더욱 무겁게 가라앉았다. 들불 같은 분노가 다시금 전신을 휘감았다.

얼마나 괴로웠을까.

저를 죽인 원수가 남도 아니고 무려 아버지의 하나뿐인 동생이란 사실을 알았을 때, 녀석의 심경은 어떠했을까. 당시 바일이 받았을 상처를 떠올리자 공작은 또 한 번 온몸의 피가 새어 나가는 듯한 기분을 느껴야만 했다.

"리암."

아들에게서 손을 거두며 공작이 옆으로 돌아섰다.

"보이느냐?"

다행이라고 할지 불행이라고 할지, 죽어 가는 리암의 눈과 귀는 멀쩡했다. 정신없이 숨을 헐떡거리다 간신히 눈을 뜬 그의 동공은 무언가를 마주하곤 지진이라도 난 것처럼 흔들리고 있었다.

혼절을 해도 이상하지 않을 몸을 한 채, 그는 바일에게서 시선을 떼지 못했다.

왜 아니겠는가.

제 손으로 직접 죽이진 않았지만, 분명 이 세상에 없어야 할 녀석이었다. 심지어 시체를 확인하고 장례까지 치렀다.

그런데 어떻게……?

처음엔 바율이라 생각했다.

둘은 쌍둥이 형제이니까.

하지만 그것도 잠시. 이내 아님을 알아차렸다. 그렇게 착각하기엔 바일의 얼굴이 너무 앳되었다. 결정적으로 울고 있는 녀석의 뒤로 자신만큼이나 놀란 표정의 바율이 보였다.

"넌 몰랐겠지만, 바일은 죽지 않았다."

죽지 않았다고?

"그게 무슨……."

귀를 기울이지 않으면 듣지 못할 아주 작은 음색으로 리암이 중얼거렸다. 그는 형의 말을, 지금의 상황을 전혀 이해할 수가 없었다.

"정령계에 머물고 있던 이베트가 살려 냈지."

이베트는 란데르트 공작의 아내. 즉, 리암에게는 형수였다. 그리고 그녀 역시 이곳에선 오래전 유명을 달리했다.

당연히 리암으로서는 더더욱 이해하기 힘든 발언이었다.

"그래, 믿기지 않을 게다."

공작이 의도한 바는 아니었지만, 리암은 여태 이베트가 살아 있다는 것도, 그녀가 실은 인간이 아닌 정령이라는 사실도 알지 못했다. 그가 드와이어트 제국의 총독으로 부임하게 되면서 거의 만나지 못했기 때문이다.

딸인 릴리스의 결혼식 때도 리암이 본국에 머물렀던 시간은 고작 열흘 남짓이었다. 금번 린데만 황태자의 약혼식이 아니었다면 그는 여전히 총독으로서 바쁜 나날을 보내고 있었을 터였다.

"이제 와서 네게 일일이 설명해 봤자 무슨 의미가 있을까."

이미 엄청난 비사가 드러난 마당에, 리암의 이해를 돕고자 새삼 말을 꺼내는 것도 우스웠다.

그게 다 무슨 소용이란 말인가.

어떤 말을 하든 놈이, 제 아우가 조카를 해쳤다는 건 변하지 않는 진실이었다. 그뿐인가. 녀석은 공작의 자리를 탐한 나머지, 병약했던 바율마저 죽이려 하였다. 호위라는 명목하에 리자이, 리바이 형제를 캐링스턴으로 보낸 것이 바로 그 증거였다.

만일 바율이 정령사가 되지 못했더라면 어떻게 되었을까?

하나 남은 아들마저 싸늘한 주검이 되었을지도 모를 끔찍한 상상을 하자 란데르트 공작은 순간 정신이 아찔했다. 제일 경계해야 할 적이 다른 누구도 아닌 제 친동생이었다는 게 참혹하리만치 수치스러웠다.

"그러고도 그간 내 앞에서 슬퍼하며 눈물을 보이고, 또 함께 즐거워하며 웃었다니…… 참으로 뻔뻔하고 가증스럽구나."

이제껏 그들 부자에게 행했던 리암의 행적을 떠올리자 지금까지와는 결이 다른 분노가 들끓었다. 놈이 한 짓도 모른 채, 외려 신경 써 주어 고맙다며 미안해하던 저 자신이 한심해 견딜 수가 없었다.

"네놈은 살 자격이 없다."

바율에게서 리암을 지켰던 건 아들이 괴물이 되는 것을 막고자 함이었지만, 더불어 형이라는 일말의 책임감 또한 작용한 것이었다.

하나 살아도 완전히 산 게 아닌 바일을 보고 있노라니, 공작은 이제야 때늦은 결심이 섰다.

끝을 내야 한다면 자신이 해야만 했다.

숙부를 죽이겠노라 미쳐 날뛰던 바율도 어느덧 정신을 차린 상태였다. 바일의 등장에 놀라 여전히 석상처럼 굳은 채 멍해 보이지만, 녀석의 눈동자는 본래의 제 빛깔을 띠고 있었다.

만일 바율의 공격이 성공했다면 어찌 되었을까.

모르긴 몰라도 상황은 완전히 달라졌을 것이다. 복수를 이뤘다고는 하나, 아마 녀석은 이후 숙부의 죽음에 대한 엄청난 죄책감에 시달렸을 터.

때맞춰 나타나 준 바일이 공작은 새삼 고마울 지경이었다.

"남길 말이 있느냐?"

우웅!

란데르트 공작이 팔을 뻗자 바닥에 떨어졌던 검이 마치 살아 움직이듯 허공을 날아와 손아귀에 안착했다.

리암은 직감했다.

자신이 입을 열어 뭔가 지껄이고 나면, 저 검이 가차 없이 목을 베어 오리라는 것을.

이제 정말 끝이구나.

그렇다면 그가 남길 말은 하나뿐이었다.

"…가족을 부탁드립니다."

너는 내 자식을 죽이고, 그거로도 모자라 남은 아이마저 살해하려 했으면서. 내게 감히 그런 청을 하는 것이냐?

말없이 저를 노려보기만 하는 형을 향해 리암은 황급히 덧붙였다.

"애들은 모르는 일입니다. 아내도 마찬가집니다. 욕심이 많은 여인이긴 하지만, 그 정도로 독하진 못합니다. 이 일은 모두 저 혼자 벌인 짓입니다. 제발 믿어 주십시오."

"그 점은 염려할 것 없다."

그건 리암이 굳이 말하지 않아도 짐작하던 바였다. 공작이 아는 한, 녀석은 아무리 가족이라도 그런 위험한 속내를 내색할 만큼 경솔한 성격이 아니었다. 뒤통수를 거하게 맞긴 했지만, 그래도 제 동생은 제가 가장 잘 알았다.

게다가 설사 녀석이 거짓을 고했다 쳐도 차후 조사를 통해 충분히 드러날 일이었다.

"감사…… 합니다."

퍽이나 어울리지 않는 유언이었다. 죽음을 앞두고, 그 마지막을 선사할 이에게 감사 인사라니.

하기야 지금 어울리지 않는 것이 어디 그뿐인가.

상대는 리암이었다.

한 어머니 밑에서 같이 태어나고 자란, 그의 하나뿐인 형제. 모든 걸 주어도 아깝지 않았을 만큼 그가 아끼고 의지했던 아우.

그런 녀석을 제 손으로 직접 처단해야만 했다.

"……."

검을 든 공작의 손이 미세하게 떨렸다. 수십만 적군을 마주하고서도 흔들림 없던 그였건만, 혈육 앞에선 그도 어쩔 수 없는 인간이었다.

"아버지."

바일이 공작과 리암 사이로 조심스레 끼어든 것은 그때였다. 녀석은 리암을 눈앞에 두고서도 원망하는 기색조차 없었다. 오로지 아비인 공작만을 걱정하는 눈빛이었다.

"다 지난 일입니다. 저도 이렇게 여기 있고요. 그러니 부디 숙부를 용서하세요."

"…뭐?"

란데르트 공작은 제 귀를 의심했다. 어려서부터 배려심이 남다른 아들이긴 했으나, 저를 죽음으로 몬 숙부를 용서하라 말할 줄은 꿈에도 몰랐다.

"형!"

바욜 역시 예상치 못한 발언이었는지 화들짝 놀라며 달려왔다.

하지만 지금 누구보다 가장 놀란 이는 바로 리암이었다.

그는 녀석을 죽게 한 원흉이었다. 어린 조카들을 몰아내고, 가문을 차지하고 말겠다는 비열한 야심으로 살아온 금수만도 못한 자. 그것이 제 정체였다.

그런 자신을 정녕 용서할 수 있단 말인가?

온몸이 피로 뒤덮인 채 바닥에 드러누워 겨우 숨만 쉬고 있던 리암의 전신이 별안간 사시나무 떨듯 흔들렸다.

어쩌면 목숨을 보전할 수도 있다는 희망 때문이 아니었다. 지난날에 대한 후회와 속죄 따위도 아니었다.

이것은 짙은 패배감이었다.

한낱 욕망을 이겨 내지 못하고 소중한 이들을 배신한 결과가 겨우 이 꼴이라는 참담함.

형님 말씀처럼 제게는 살 자격이 없었다. 기실 오래전 이미 인간이길 포기한 몸이었다.

"숙부는 아버지의 동생입니다. 떠올리기 싫은 아픈 과거이지만, 아버지께 죄책감을 안겨 드리고 싶지 않습니다."

"바일⋯⋯."

"멀리, 아주 멀리 떠나서 조용히 살게 하세요. 저는 그것으로 충분합니다."

한참 전부터 품어 온 생각이었다.

물론 한때는 그 역시 숙부를 원망하고 미워했었다. 그러나 어머니와 함께 정령계에서 지내면서 그런 감정은 점차 흐릿해져만 갔다. 아버지의 심정을 제게 대입해 보니, 숙부를 처리한다 해도 상처와 후회만 남을 것 같았기 때문이다.

바율을 제 손으로 죽인다는 건, 바일에겐 스스로 제 목을 조르는 것과 동일했다.

공작이 무어라 입을 달싹이려 할 때였다.

푹!

허리춤에 숨겨 두었던 단도를 꺼내 든 리암이, 그것으로 제 목을 찔렀다. 그 일을 행하는 데 있어서 그는 한 치의 망설임도 없었다. 남은 힘을 모조리 끌어모았는지, 다 죽어 가던 자의 모습이라곤 믿기 어려울 정도로 민첩했다.

유언이라면 진즉에 말하였다.

죽음으로 모든 게 용서될 리는 없겠지만, 우습게도 현재로선 이것만이 그가 할 수 있는 최대한의 사죄였다.

리암은 진정 그리 생각했다.

2.

리암이 죽었다.

형과 조카, 그리고 아들이 지켜보는 앞에서 그가 택한 것은 자결이었다. 당장 죽어도 이상하지 않을 만큼 겨우 숨만 쉬며 버티던 차였기에, 설마 그가 그렇게 순식간에 스스로 목숨을 끊을 거라곤 아무도 예측하지 못했다.

사전에 어떤 낌새라도 보였다면 응당 막았으리라. 공작과 바율에겐 그럴 만한 능력이 있었으니까.

하나 모든 건 생각지도 못한 순간, 너무도 빠르게 벌어졌다.

"리암!"

공작이 동생의 이름을 부르짖으며 달려갔지만, 이미 절명한 후였다.

리암을 찌른 건 손가락 하나 정도 되는 길이의 짧은 단도였다. 그것은 정확하게 급소를 노렸고, 한순간에 생명을 앗아 갔다.

한때 무예의 길을 걸었던 자답게 리암은 어디를 찔러야

제가 단숨에 죽을 수 있는지를 알고 있었다. 마지막까지도 너무나 리암다운 처사였다.

그의 죽음은 비통하나, 그가 죽음으로써 공작은 친동생을 제 손으로 죽여야만 하는 어려운 결정에서 벗어났다. 그로 인한 죄책감 역시 조금은 덜 수 있었고.

바일 또한 저를 죽인 숙부를 살려 달라 더는 아버지께 청하지 않아도 되었으니, 부자간의 의견 대립도 무마된 격이었다.

그간 믿고 의지해 왔던 숙부에 대한 배신감으로 분노에 휩싸였던 바율은 제법 안정을 되찾았다.

그놈의 정이 뭐라고, 마냥 속이 시원하지는 않았다. 하나 작금의 결과는 그가 지금까지 저지른 만행의 대가였다.

셰임의 대지의 기억으로 엿본 리암의 본모습은 그만큼 충격적이었다. 존경해 마지않던 숙부가 형을 죽이고, 실은 자신마저 없애려 했다는 끔찍한 진실은 꽤 오랫동안 기억에 남아 저를 괴롭힐지도 몰랐다.

"이노센트."

애써 리암과의 추억을 떨쳐 내려 애쓰며 바율은 나지막이 이노센트를 불렀다. 그러자 수많은 물방울과 함께 녀석이 금세 허공에 나타났다.

"치료 좀 부탁할게."

눈물을 쏟아 내고 있지만, 리암을 붙든 채 오열하고 있는 데릭에게선 한 줌의 소리도 새어 나오지 않았다. 바율이 성대를 잘라 냈기 때문이다.

"…내가 잠시 제정신이 아니었어."

누구도 묻지 않았거늘, 바율은 마치 변명하듯 털어놓았다. 어느덧 그런 녀석의 주변으로 친구들이 다가와 있었다.

"크흑, 아버지!"

이노센트의 치유는 신속했다. 덕분에 데릭의 성대는 물론, 목에 난 상처까지 완벽하게 나았다. 그러자 하늘이 무너지듯 통곡하는 녀석의 울음소리가 사방에 메아리쳤다.

란데르트 공작과 바일은 그저 망연하게 리암의 시신을 내려다볼 뿐이었다.

바율은 부러 차갑게 돌아섰다. 제 감정을 추스르지 못해 데릭에게 가했던 행위에 대해서는 훗날, 시간이 더 흐른 뒤에 사과하는 편이 나을 듯했다.

참고로 리자이, 리바이 형제는 그새 숨이 멎은 탓에 따로 손쓸 필요도 없었다.

"여긴 제게 맡겨 주십시오."

감옥이 무너지고 지반이 뒤죽박죽 엉망이었다. 전쟁터를 방불케 할 정도로 일대 전체가 처참한 수준이었다.

그러나 땅의 정령왕인 셰임에게 이런 걸 처리하는 일쯤

은 별로 어렵지 않았다. 잠깐의 시간이면 본래대로 금방 회복할 수 있을 것이다.

"고마워요, 셰임."

그가 있어서 얼마나 다행인지 몰랐다. 셰임에게 따스한 눈길로 감사함을 전하며 바율은 아버지와 형을 바라보았다.

작은아버지의 죽음으로 분위기가 사뭇 가라앉았지만, 무려 바일이 귀환한 날이었다. 겨우 살아 돌아온 친형과의 재회를 이런 식으로 마무리할 수는 없었다.

3.

"바, 바일 도련님?"

성내로 돌아온 일행을 마주한 이들은 다들 기절이라도 할 것만 같은 얼굴들이었다. 그도 그럴 게, 바일이 공작과 바율을 양쪽에 끼고 떡하니 입장했기 때문이다.

열네 살의 모습에서 멈추었기에 잠시 긴가민가했지만, 쌍둥이는 역시 쌍둥이였다. 체구의 차이만 있을 뿐, 형제는 거의 똑같은 생김새를 하고 있었다.

설명을 시작하면 긴 이야기가 될 것이 자명했기에 삼부

자는 해명을 나중으로 미루며 바로 집무실로 향했다. 그들은 무엇보다 저들끼리의 대화가 시급했다.

"훗, 여긴 변한 게 별로 없네."

공작의 집무실을 빙글 돌아본 바일은 감회에 젖었다.

해밀턴의 차가운 공기. 타닥타닥 소리를 내며 불길을 내기 시작한 벽난로. 가지런히 정리된 아버지의 책상. 불어오는 바람에 덜컹거리는 창문까지. 모든 게 4년 전과 별반 달라지지 않은 풍경이었다.

"형이 이렇게 눈썰미가 없었던가?"

"뭐?"

장난기가 섞인 바율의 물음에 바일이 미간을 찌푸린 채 돌아섰다. 그러자 바율이 저기 좀 보라는 듯 턱으로 어딘가를 가리켰다. 자연스레 그 방향을 따라가던 바일의 시선이, 어느 한 지점에서 뚝 멈추었다.

"저건……."

"응, 형. 우리 가족이야."

그랬다. 공작의 집무실 한복판에 그려진 가족 초상화. 오늘과 같은 날이 오기만을 기다리며 란데르트 공작이 특별하게 준비한 것이었다.

바일이 조금은 넋이 나간 채 초상화를 향해 천천히 다가갔다.

이런 건 정말이지, 기대하지 못했다.

아버지와 어머니.

그리고 자신과 바율.

부모님은 서로 다정한 눈빛을 주고받으며 의자에 나란히 앉아 계신 모습이었고, 그 뒤에서 두 형제는 웃으며 어깨동무를 하고 있었다.

출생 당시를 제외하곤, 여태껏 단 한 번도 네 가족이 다 같이 모였던 적이 없었다. 그렇기에 매 순간 그런 날이 오기를 바라고 또 바랐다.

단순한 그림일 뿐인데도 가슴이 뛰었다. 그가 상상했던 그 모습 그대로였다.

"바일."

어느 틈엔가 바율이 바일의 곁에 와 섰다. 이제는 그보다 훌쩍 자라 버린 동생을 올려다보며 바일이 미소 지었다.

언제나 햇살처럼 빛나던 형의 웃음.

그리웠던 그 모습에 바율은 뒤늦게 감정이 벅차올라 바일을 와락 끌어안았다. 세계수 공간에서의 짧은 만남은 도리어 그리움만 더 커지게 만들었다.

바율은 지금 온몸으로 형의 존재를 느끼고 있었지만, 아직도 그저 꿈인 것만 같았다.

"살아 있어 줘서 고마워, 형."

"어머니 덕분이잖아."

바일은 진정하라는 듯, 저를 안은 채 놔주지 않는 바율의 등을 부드럽게 쓰다듬었다. 덩치는 커졌어도 그에게 바율은 여전히 보살펴야 할 동생으로 느껴졌다.

"그러고 보니, 이베트는 어째서 안 보이는 것이냐? 통로가 열렸으니 함께 올 법도 하거늘."

아들과의 재회로 잠시 잊고 있었다. 이제야 아내의 부재를 자각한 공작이 걱정 서린 음성으로 묻자, 바일이 안심하라는 듯 답했다.

"지금 어머니는 정령계를 정리하느라 다소 바쁘십니다."

"정리?"

"네, 아버지. 사대 정령 모두가 정령왕이 되지 않았습니까? 그로 인해 정령계는 지금 한창 폭풍이 몰아치고 있습니다."

"형, 그게 무슨 뜻이야? 폭풍이라니?"

"좋은 의미로 한 소리니 놀랄 것 없어. 바율, 너도 느끼고 있지 않아? 여기 인간계도 매우 빠르게 변하고 있다는 거."

"여기도……?"

형의 말에 바율은 서둘러 감각에 집중했다. 그리고 이내 깜짝 놀라 눈을 홉떴다.

"느껴지지?"

바율은 얼떨떨한 표정으로 고개를 끄덕였다. 사대 원소의 힘이 이토록 강하게 인식되는 건 그로서도 거의 처음이었다. 제 몸 안의 기운은 물론이거니와, 해밀턴을 넘어 대륙 전역에서 익숙하고도 세찬 맥동이 전해졌다.

아직 본격적으로 무언가를 시작하지도 않았거늘, 사대 정령왕이 무사히 탄생한 것만으로도 이렇게 달라질 정도라니.

정령이 인간계에 얼마나 중요한 존재였는지가 새삼 실감 났다.

"어머니는 정령계에 살아 계신 유일한 정령이셔. 널 맞이할 준비를 하시느라 바쁘신 거니 조금만 기다려 봐."

"…나를 맞이할 준비라면, 설마 내가 정령계로 가야 한다는 말이야?"

"넌 궁금하지 않아? 정령계에 가 보고 싶단 생각 한 번도 안 해 봤어?"

당연히 궁금했다.

가 보고 싶단 생각 역시 했었다.

하지만 자신은 인간이었다. 아무리 제 속에 전대 정령왕들의 기운이 있다지만, 인간의 몸으로 정령계에 갈 수 있으리라곤 전혀 생각하지 못했다.

"너뿐이 아니야. 새로운 정령왕들에게도 보금자리를 알려 줘야지."

"아, 맞아."

미처 거기까진 떠올리지 못했다. 형의 말처럼 정령왕이 있어야 할 곳은 정령계였다. 이노센트, 세임, 스피넬, 그리고 템페스타까지. 녀석들은 이제 제 곁이 아니라 정령계로 떠나야만 했다.

그곳에 관해서는 아무것도 모를 게 뻔하니, 관련한 제반 사항들 역시 바율이 가르쳐 주어야만 할 것이다.

'서운하네⋯⋯.'

정령들을 보낼 생각을 하자 갑자기 섭섭한 기분이 들었다. 영영 못 만나는 것도 아닌데 바보같이 왜 이런 감정이 드는 건지 모르겠다.

"아무튼, 어머니가 곧 데리러 오실 거야. 아버지, 그때까지만 잠시 기다려 주세요."

"기다리다마다. 이베트만 무사하다면 난 얼마든지 그럴 수 있다."

"아, 어머니의 몸도 많이 회복되셨습니다. 사대 정령왕의 부활로 정령계의 대기가 완전히 달라졌거든요. 이제 걱정하지 않으셔도 돼요."

들던 중 반가운 소리였다. 바일을 살리기 위해 무리하게 힘을 운용한 탓에 기운이 쇠약해졌다 들었었다. 한데 지금은 건강해졌다니. 이보다 더 기쁜 소식이 있을까.

"저, 그리고…… 숙부님 일은 죄송합니다. 제가 좀 더 빨리 왔으면 상황이 나아졌을 수도 있었을 텐데……."

"그 얘기라면 더는 하지 말자꾸나. 녀석은 죗값을 치른 것뿐이다. 아비는 잊기로 마음먹었다."

리암은 공작에게 여러모로 특별한 아우였다. 살면서 어쩔 수 없이 간혹 떠올라 슬프게 하겠지만, 그것은 그가 감당해야 할 몫이었다.

시간이 차차 해결해 주겠지.

똑똑.

란데르트 공작이 애써 속내를 감추며 씁쓸하게 웃을 때였다. 노크 소리와 함께 문이 열리며 라예가르가 등장했다.

"부자간의 만남을 방해하고 싶지 않으나, 내 꼭 해야 할 말이 있어서 이리 찾아왔네."

드래곤 로드인 라예가드가 저리 말할 정도라면 허튼소리일 리 없다. 공작이 서둘러 소파로 안내하자 그의 뒤로 일라이를 비롯한 친구들이 줄줄이 이어 들어섰다.

뿐만이 아니었다.

"나는 대체 왜 부른 거야?"

마지막으로 데스가 툴툴거리며 걸어 들어와 남은 의자에 털썩 주저앉았다.

"지금쯤 리타가 저녁 차리고 있을 건데, 나 빨리 가서 먹어야 하거든?"

그러니 짧게 끝내는 게 신상에 좋을 거다.

알겠냐?

이어지는 말은 없었지만, 데스의 눈빛은 딱 그러했다.

잠시 그런 그를 한심하게 훑으며 운을 뗀 것은 알레그리아였다. 기실 그녀는 아까부터 궁금함을 참느라 속이 바짝 타들어 가는 중이었다.

"아버지가 진짜 창조신이 아니라던 아까 그 말씀, 마저 얘기해 주시려는 거죠?"

"설마 뭔가 알아내신 겁니까?"

바율의 심장이 거세게 뛰기 시작했다.

기대하며 저를 바라보는 바율에게 라예가르가 잘 들으라는 양 또박또박한 말씨로 말했다.

"그래, 결국 찾아내었다. 네 예상대로, 지금의 주신은 진정한 창조신이 아니었어. 그 역시 창조신이 만든 또 다른 신일뿐."

"쉽게 말해 아들인 셈이지."

"아들?"

일라이의 부연에 바율과 공작은 동시에 고개를 갸웃거렸다. 그러자 놀라지 말라는 듯한 표정으로 녀석이 덧붙였다.

"한데 창조신에겐 아들만 있는 게 아니었어. 딸도 있었지."

"…과거형이군."

란데르트 공작이 용케 말속에 숨겨진 의미를 알아차리자 라예가르가 나직하게 속삭이듯 말했다.

"그녀가 달의 일족의 시작이네."

"달의 일족이라면……?"

뜬금없다 싶을 만큼 예기치 못한 단어였다. 공작은 물론이고 바율과 친구들, 그리고 데스까지 전부 놀란 표정을 감추지 못했다.

달의 일족에 대해 상세히 알려진 바는 없지만, 공작은 그 피를 이은 자였다. 그로 인해 달이 꽉 차오르는 만월의 밤이 찾아오면 평소보다 더 엄청난 괴력을 발휘하고는 했다.

"먼 옛날, 태양과 달. 두 일족 간에 다툼이 있었고, 그 싸움에서 달의 일족이 패하였다는 건 내가 이미 말해서 알고 있을 걸세."

밤만 되면 강해지는 만월 기사단의 비밀이 풀린 순간이었다. 그에 란데르트 공작이 고개를 끄덕이자 라예가르가 이어 말했다.

"주신, 그러니까 진짜 창조신의 딸은 그때 죽은 것이지. 태양의 일족이 전쟁에서 승리한 건 어찌 보면 너무나 당연한 결과였어. 달의 일족으로선 모체가 사라진 것이나 마찬가지인데 어떻게 이길 수 있었겠나?"

"지금 우리가 사는 세상에 비유하자면 왕을 잃었다, 뭐 그런 느낌인 건가요?"

"비슷하다. 하지만 그보다는 존재의 근원이 소멸했다는 쪽이 더 정확하겠지."

라나사의 질문에 답하는 라예가르의 음성은 그 내용만큼이나 묵직했다.

존재의 근원.

공작은 자신이 달의 일족의 후손이라는 사실을 처음 알게 된 날로부터 지금까지 제 핏줄의 역사에 관해 그저 조금 특이하다고만 여겨 왔다. 그럴 만도 한 게, 무언가를 더 알고 싶어도 조사 자체가 불가능했기에 그리 생각하고 말 수밖에 없었다.

한데 제 뿌리가 주신에게까지 연결이 될 줄이야.

"싸움에서 패한 달의 일족은 태양과 섞이는 쪽을 택하였다. 덕분에 멸족하지 않고 근근이 그 피를 이어 왔지. 그런데 왜 하필 지금이었을까?"

"……?"

"이제껏 죽은 듯이 고요하게 명맥만을 유지하던 일족의 기질이, 왜 하필 당금에서야 나타났느냐 이 얘기다. 내가 아는 한 이전까지 란데르트 공작, 그대와 같은 인간은 없었거든. 과연 이 모든 게 아무 인과 관계 없이 일어난 걸까?"

공작을 응시하는 라예가르의 두 눈에는 어떤 확신이 서려 있었다.

"처음엔 단순한 우연이겠거니 치부하고 넘겼지만, 이제는 아니야. 갑자기 엄청난 실력을 자랑하며 등장한 달의 일족의 후예. 거기에 그의 아들은 전대 정령왕들의 후계자가 되었고, 멸망한 정령계의 복원을 위해 주신을 죽이겠다며 특이한 능력을 갖춘 제 친구들과 태고의 신물을 모으고 있지. 뿐인가. 새롭게 태어난 정령왕들에겐 각기 전에 없던 고유한 능력까지 생겼어. 이건 분명 의도된 거야."

"…의도요?"

"이를테면 이 세계를 재구성하기 위한, 진짜 주신의 큰 그림이라든가."

"일전에 태고의 신물에 관해서 이야기할 때, 주신이 엇나갈 것을 대비해 그보다 높은 신이 미리 만들어 둔 안배일지도 모른다고 하셨던 말씀과 같은 맥락이네요."

"그래, 라나사. 기억하고 있었구나."

당시엔 의혹에 가까웠다면, 지금은 확신을 넘어 확실했다.

"아무래도 진짜 주신은 누군가 나서서 타락해 가는 제 아들을 멈춰 주길 바라고 있는 듯하다. 애초에 태고의 신물을 제작한 것도, 어쩌면 차마 본인이 직접 해결할 수 없어서 그런 게 아니었을까?"

"설마 아들에 대한 사랑이 지극해서라는, 뭐 그딴 개 같은 이유 때문은 아니겠지?"

만일 그런 거라면 제 손으로 꼭 그놈의 주신을 없애고 말겠다며 데스가 으르렁거렸다.

"어이, 거기!"

그러던 그가 돌연 알레그리아를 향해 턱짓했다.

"넌 뭐 들은 거 없어? 네 아비란 작자가 누나인지 여동생인지를 죽였다잖아. 생각나는 게 있으면 입 좀 털어 보지?"

"난…… 처음 들어요."

쏠리는 이목에 당황한 듯 알레그리아가 더듬거리며 얼굴을 붉혔다. 일행 중 유일한 천계의 인물이지만, 스스로도 어이가 없을 정도로 아는 게 없었다. 그 점이 가끔 그녀를 부끄럽게 했다.

"쯧쯧, 대체 아는 게 뭔지. 영 쓸모가 없다니까."

"데스, 우리도 이제야 안 사실입니다. 이사장님도 고서에서 겨우 찾아내신 걸 그리아가 무슨 수로 알겠어요."

행여나 데스의 핀잔이 길어질까 싶어 바율이 나서던 참이었다.

"아브가니스."

여태 조용히 자리만 지키고 있던 바일이 낮게 가라앉은 음색으로 대화에 끼어들었다. 그에 온 시선이 자신에게로 집중되자 그가 화답하듯 덧붙였다.

"주신의 동생, 즉 창조신의 딸이자 달의 일족의 근원. 그녀의 이름입니다."

"바일, 네가 어찌……?"

"형! 형이 그걸 어떻게……?"

란데르트 공작과 바율은 라예가르의 설명을 들었을 때보다 더 깜짝 놀랐다. 이런 얘기를 바일에게서 듣게 되리라고는 정말 상상도 하지 못했기 때문이다.

"어머니께서 정령계에 계시는 동안 가장 몰두하신 일이 태고의 신물에 관한 것이었어요. 열두 개의 신물을 모으면 주신을 물리칠 수 있다는 데 늘 의문을 갖고 계셨거든요."

"그렇다는 건…… 네 말은, 전대 정령왕들도 진짜 주신의 딸에 관해서는 잘 알지 못했다는 뜻이로구나."

"네, 아버지."

과거 정령계는 태고의 신물을 모두 모으기도 전에 멸망의 길에 들어섰다. 솔직히 그땐 다른 것에 정신을 쏟을 여력도 없었다.

　"그러다 얼마 전에 오래된 서적 한 권을 발견하셨습니다. 거기에 적혀 있더군요. 조금 전 저분께서 하신 말씀이."

　"그래서 놀라지 않았던 거군."

　라예가르의 말을 듣고 바일만이 홀로 별다른 표정의 변화가 없었다. 그가 그것을 지적하자 바일이 어깨를 으쓱였다.

　"처음엔 저도 믿기 어려웠습니다. 어머니께서도 한동안 말을 잇지 못하실 만큼 충격을 크게 받으셨죠. 아, 그래도 앞서 말씀드렸다시피 지금은 무척 건강하십니다. 그러니 걱정하지 마세요."

　공작의 안색이 바로 흐릿해지는 것을 본 바일이 재빨리 부연했다.

　"싸움의 시작은 이름 탓이었어요."

　"이름?"

　"응, 아브가니스. 창조신이 그녀에게 지어 준 이름의 뜻은 고결하다는 의미를 담고 있거든."

　"그게 왜? 딸에게 어울릴 만한 이름으로 잘 붙인 것 같은데."

딱히 흠잡을 데 없는 이름이었다. 다들 상황을 선뜻 이해하지 못하고 고개를 갸우뚱 기울이자 바일이 또 다른 이름을 말하였다.

"쿠안드리아. 이건 아들 이름이야. 현명하고 관대하게 굴라는 뜻으로 지어 줬지."

주신의 이름 또한 그의 행실과는 거리가 멀지만, 듣기에 그 자체는 나무랄 데 없이 훌륭했다. 도무지 뭐가 문제인지 감조차 오지 않았다.

"헛!"

그때, 별안간 알레그리아가 신음을 터뜨렸다.

"아, 아니야. 설마…… 그럴 리 없어……."

마치 구역질을 하듯 그녀가 힘겹게 중얼거렸다.

"그리아, 왜 그래? 뭔가 떠오른 거야?"

답은 없었지만, 알레그리아의 금안에는 긍정의 빛이 스쳤다.

"뭔데! 빨리 말해 봐."

"이름이 뭘 어쨌길래!"

"…아버지가 자주 하시는 말씀이 있어."

얼굴이 하얗게 질린 채 알레그리아가 다소 멍하게 말을 이었다.

"당신께서는 그 누구보다 고결한 존재라고. 그래서 세상 어느 누구도 감히 당신보다 고결할 수 없다고."

"고결이면…… 아브가니스라고 했던가? 그건데?"

"뭐야. 동생 이름이 자기 이름보다 더 나아 보여서 질투라도 했다는 거야? 설마, 아니지?"

너무나 같잖은 이유였기에 라나사는 말을 하면서도 헛웃음을 짓고 말았다.

그러나 예상과 달리, 알레그리아는 부정하지 않았다. 그 침묵이 꼭 '그래, 네 말이 맞아' 하고 답하는 것만 같았다.

"말도 안 돼! 세상에 무슨 그런……!"

알레그리아의 창망한 시선이 바일에게 가 멎었다.

"내 짐작이…… 맞는 거죠?"

그녀의 물음에 바일의 고개가 천천히 위아래로 끄덕였다.

"책에 쓰인 대로라면, 자신에게는 현명하고 관대해야 한다, 즉 무언가를 행해야만 한다는 조건이 들어간 반면에 동생에게는 그저 고결하다, 그러니까 존재만으로 가치가 있다는 식으로 작명한 것에 불만을 가졌다고 합니다. 아버지의 사랑이 동생에게로 치우쳤다고 느낀 모양이에요."

"그게 무슨 개뼈다귀 같은 소리야! 고작 그딴 이유로 동생을 죽인다는 게 말이 돼?"

에이단이 기가 막힌다는 듯 버럭 고함을 내지르자, 일라이가 비죽 웃으며 대꾸했다.

"야, 언제는 주신이 말이 되는 놈이었냐? 난 오히려 아주 주신다워서 웃음이 다 나온다. 처음부터 쭉 한결같네, 한결같아."

라예가르가 찾은 고서에는 그런 자세한 사정까지는 나와 있지 않았었다. 사건의 전말을 알게 되자 일라이는 어처구니가 없었다.

"하. 이쯤 되니 그 주신이라는 작자의 낯짝이 궁금하군."

퀸이 조소하며 양 주먹을 불끈 쥐었다. 할 수만 있다면 놈에게 인어국에서 가장 무서운 형벌을 내리고 싶었다.

"그리아, 혹시 네 아버지란 소인배 말이야. 개명은 안 하셨다니?"

라나사는 저도 모르게 빈정거렸다. 주신이라며 온갖 이들의 찬양과 존경을 한 몸에 받는 자가 고작 그런 사소한 연유로 동생을 죽음으로 몰았다는 게 생각할수록 어이없었다.

알레그리아는 수치심에 입을 닫았다. 마음속으로 이미 정리를 했다고는 하지만, 제 아비라는 자의 민낯에 또 한 번 자괴감에 빠졌다.

그런 자를 한때나마 그토록 공경하고 아꼈던 저 자신이 죽을 만큼 비참하고 후회스러웠다.

"어째 엘레오스 자식보다 더 한심한 것 같네."

마황에게 끌려간 녀석을 떠올리자 데스의 눈동자가 순간 붉은 안광을 뿜어냈다.

"다들 진정해. 뭐가 됐든, 변한 건 아무것도 없어."

주신의 정체가 드디어 밝혀졌다. 그가 진짜 창조신이 아니라는 게 확실한 건 상당한 위안거리였지만, 그렇다고 그게 전쟁에서 이길 수 있다는 보장이 되는 건 아니었다.

비록 그는 창조신의 아들에 불과했지만, 여전히 그들보다 강한 천계의 지배자였다. 일행이 그를 넘어서려면 아직 태고의 신물 하나가 더 필요했다.

"우리가 집중할 건, 마지막 남은 태고의 신물이야. 그것만 구하면 승리는 우리 몫이 될 수 있겠지."

"그 신물이 주신에게 있다는 건 알고 하는 말이지?"

"물론이야. 그걸 어떻게 잊어."

"오잉, 근데 왜 이렇게 자신감이 넘치는 것 같지? 설마 바율 너, 그새 무슨 수라도 생겼냐?"

"템페스타가 천계에 침투해서 신물을 가져오기라도 하겠대?"

바율의 침착한 말투는 친구들에게 뜻하지 않은 기대심을

불러일으켰다. 템페스타까지 정령왕이 되었으니 그들은 알지 못하는 어떤 새로운 방법이 생겼나 싶은 것이다. 하나 그건 쓸데없는 희망이었다.

"아니야, 그런 거."

"에이, 아니야?"

"어. 그건 계속 연구를 해 봐야지."

당장에 답이 나올 사항은 아니었다. 태고의 신물은 무엇보다 중요한 문제지만, 지금은 우선 정령계부터 해결하는 게 순서였다.

어머니도 만나 뵈어야 하고, 정령왕이 된 녀석들도 고향으로 데려가야만 했다. 그리고 린데만 황태자의 약혼식이 거행될 황도에도 가야 한다.

당분간 몸이 두 개라도 모자랄 만큼 바쁘게 움직여야겠네.

형과의 조우도 제대로 즐기지 못한 느낌이라 바율은 뭔가 억울한 기분이 들었다.

다만 아픈 과거를 잘라 낸 것에 대한 상처는 떠올릴 겨를도 없을 듯해 그나마 다행이라면 다행이었다.

Chapter 9.
불길한 예언

1.

"도련님! 바일 도련님!"

랑트에 있던 리타를 해밀턴 본성으로 데려온 건 템페스타였다. 바율이 다시 돌아가기엔 남은 시간이 애매했기에 내린 결정이었다. 무엇보다 바일이 왔는데 그녀가 없다는 건 말이 되지 않았다.

"으아항! 제가 어마나 생나고…… 으흐흑, 보구시었는지…… 아아요?"

녀석은 역시나 바일을 보자마자 통곡부터 했다. 눈물과 콧물로 뒤범벅이 된 얼굴을 하고선 바닥에 주저앉아 한동안 울음을 쏟아 냈다.

그러면서도 끊임없이 무어라 말을 했는데, 대개가 비슷한 내용이었다.

많이 보고 싶었다.

종종 생각이 나서 힘들었다.

세계수에 가서 매일 인사했다.

이렇게라도 만나서 너무 기쁘다.

리타는 행여나 바일이 그새 사라질까 봐 염려라도 되었는지, 우는 내내 바일의 잎사귀 같은 옷을 양손으로 꼭 쥐고 있었다.

"나도 보고 싶었어."

예전처럼 다정한 바일의 음성이었다. 저를 따뜻하게 감싸 안아 주는 손길에 리타가 울컥하며 더욱 자지러지게 울었다.

그러던 그녀가 호기롭게 일어선 것은 저녁 시간을 알리는 종소리가 성내에 울려 퍼질 무렵이었다.

"훌쩍…… 아, 아니지! 이럴 때가 아니에요! 무려 4년만인데 제대로 된 식사를 하셔야죠!"

리타의 머릿속으로 바일이 좋아하던 음식들이 자르르 지나갔다. 이러다 탈진이라도 하면 어쩌나 했던 걱정이 무색하리만치 금세 안정을 되찾은 그녀는 오랜만에 바일에게 맛있는 저녁을 차려 주겠다며 급히 주방으로 향했다.

"훗, 리타는 여전하네."

어려서부터 그녀 삶의 중심은 늘 그들 쌍둥이 형제였다. 유모였던 아리엘의 조기 교육 탓도 있지만, 함께 젖을 먹고 자랐기 때문인지 친혈육처럼 유별나게 챙기는 면이 없지 않았다.

그래서 더 안심할 수 있었어.

그런 네가 바율 곁에 있어 줘서 얼마나 고마웠는지 몰라.

멀어지는 리타의 등에 대고 바일은 속으로 중얼거렸다. 변함없이 저를 대하는 그녀 덕분에 해밀턴에 돌아왔다는 게 새삼 실감이 나기도 했다.

"아, 재스퍼."

폭풍 같은 시간이 흐르고 나자, 바율은 그제야 재스퍼의 공이 생각났다.

"컹!"

바율의 부름에 문가를 지키고 서 있던 재스퍼가 꼬리를 흔들며 다가왔다. 녀석은 리타에 앞서 바일과 한차례 극적인 해후를 나눈 참이었다.

"고마워."

바율은 무릎을 굽히고 앉아 재스퍼를 꽉 끌어안았다.

"전부 네 덕이야."

사건이 있던 당시, 녀석은 태어난 지 고작 대여섯 달밖에 되지 않은 어린 강아지였다. 한데도 여태 그 무엇 하나 잊지 않고, 그날을 그대로 기억하고 있었다.

혼자서 얼마나 답답하고 화가 났을까.

캐링스턴에서 리자이, 리바이 형제를 마주했을 때 불같이 짖어 대던 재스퍼의 모습이 문득 떠올라 바율은 미안한 마음이 들었다.

그때 이상함을 감지하고 에이단을 통해 연유를 알아냈다면, 어쩌면 무언가 달라질 수도 있지 않았을까.

물론 리암 숙부에 대한 배신감에는 큰 차이가 없었겠지만, 그래도 해밀턴을 그 정도로 엉망으로 뒤집어 놓지는 않았을 것 같았다.

그나마 감옥이 도심과 먼 외지에 위치한 게 천운이었다. 덕분에 도시를 보호하라 명을 받은 만월 기사단을 제외하곤 금일 사고를 아는 이들이 없었다. 참으로 다행이었다.

"역시 넌 최고의 가드견이야."

"컹컹!"

바율의 칭찬에 신이 난 듯 재스퍼가 제자리에서 껑충껑충 뛰었다. 지금이나마 과거의 진실이 드러난 게 녀석도 좋은 모양이었다.

"컹컹컹!"

아비인 재스퍼가 짖자 루비와 보석 사인방이 덩달아 날

뛰기 시작했다. 평소엔 전혀 좁다고 생각해 본 적 없는 집 무실이거늘, 성견 여섯 마리가 단체로 정신 사납게 돌아다니자 실내가 한순간에 소란스러워졌다.

하지만 기실 그건 바깥에 비하면 아무것도 아니었다.

"바율, 잠깐 나와 봐야 할 것 같아."

삼부자만의 시간을 가지라며 자리를 피해 줬던 친구들이 다시금 찾아온 것이다. 말투 하며 표정이, 큰 변고라도 생긴 양 자못 심각했다.

"왜, 무슨 일인데 그래?"

"대형 사고 터지기 일보 직전이야!"

서두르라는 듯 에이단이 손을 빠르게 휘저었다.

"대체 뭐 때……!"

거기까지 말을 내뱉은 바율의 움직임이 순간 뚝 멈추었다. 이유를 굳이 더 물을 필요도 없었다. 그 사이 무슨 일이 있었는지는 몰라도, 템페스타의 기운이 당장 폭발이라도 할 것처럼 위태위태했기 때문이다.

형에게 온통 정신이 팔린 바람에 그만 자각이 늦었다.

"아버지! 형! 저 잠깐만 나갔다 올게요!"

지체할 틈이 없었다. 정령왕이 된 템페스타가 사고를 친다면, 분명 이전과는 결코 비교조차 할 수 없는 규모이리라.

"바율, 같이 가 줄까?"

"아니야, 형. 나 혼자 해결할 수 있어."

바일이 또 언제 내려올 수 있는지도 모르는데, 아버지와 형의 오붓한 시간을 방해하고 싶지는 않았다.

"금방 올게!"

바율은 씩씩하게 대꾸하곤 서둘러 에이단을 따라나섰다.

"여기야!"

그들의 목적지는 뒷산으로 향하는 길목 부근이었다. 그래도 쉴 새 없이 달려서인지 다행히 너무 늦지 않게 근처까지 당도했다.

"끄응."

짐작은 했다만, 역시나 템페스타를 자극하는 건 이노센트였다. 녀석의 카랑카랑한 목소리가 벌써부터 고막을 울려 댔다.

"야! 너 진짜 고유 능력 생긴 거 맞아? 뻥 치는 거 아니야?"

"나 참, 생겼다고 몇 번을 말하냐? 나도 이제 너랑 같은 정령왕이거든?"

"근데 왜 속 시원하게 말을 못 해? 어디, 얼마나 특별한 능력인지 한번 털어놔 보라니까?"

"…말하고 싶지 않다고! 물귀신, 너 이거 사생활 침해야!"

"사생활 침해? 웃기고 자빠지셨네. 내가 너를 몰라? 괜찮은 능력이었으면 말하지 말라고 해도 온종일 신나서 떠들고 다녔을 게 뻔한데."

현 정령왕들의 '고유 능력'은 전대 정령왕들에겐 없었던 특별한 힘이었다. 일행이 창조신의 안배이겠거니 막연히 생각하고 있는 그들의 새로운 능력은 하나같이 엄청났다.

물의 정령왕인 이노센트에겐 치유력을.

불의 정령왕인 스피넬에겐 영멸을.

땅의 정령왕인 세임에겐 예지력을.

이제는 바람의 정령왕이 된 템페스타 차례였다.

과연 녀석에겐 어떤 능력이 생겼을지 이노센트는 궁금해서 미칠 지경이었다.

"솔직히 말해 봐. 너…… 아무것도 없지? 정령왕이 되긴 됐는데, 우리처럼 뭐가 안 생겨서 지금 괜히 사기 치는 거잖아."

"사, 사기라니! 물귀신, 너는 속고만 살았냐? 내가 왜 사기를 쳐!"

템페스타가 강하게 부정했지만, 이노센트의 의심은 풀리지 않았다. 아니, 더욱 커져만 갔다.

눈앞의 녀석이 어떤 놈이던가.

자랑거리가 생기면 입이 근질거려서 어디든 나불거려야 직성이 풀리는 성격의 소유자가 바로 템페스타였다. 한데 그런 녀석이 무려 정령왕이 되었는데, 새로운 능력에 대해서 입을 꾹 다문다?

그건 마족들이 리타의 음식이 맛없으니 더는 먹지 않겠다고 선언하는 것이나 다름없었다. 그만큼 말 같지도 않은 소리란 뜻이었다.

"그럼 왜 안 가르쳐 주는 건데? 다들 납득이 안 돼서 너만 쳐다보고 있는 거 안 보여?"

이노센트의 말대로였다.

에이단과 함께 문제의 장소에 도착했을 때, 나머지 친구들은 물론 이노센트와 스피넬, 셰임, 그리고 녀석들의 부하들까지 전부 나와 템페스타를 둘러싸고 있었다.

누가 보면 마치 죄인을 중앙에 몰아넣고 피의자 조사라도 하는 듯한 모양새였다.

"야, 바람. 혹시나 해서 묻는 건데, 말하기 쪽팔려서 그래?"

"뭐야?"

"아니, 그렇잖아. 네 평소 행실과 비교하면 지금 하는 꼴이 워낙 말이 안 되니까. 어쩜 우리 능력에 비해 네 거가 너무 부족하단 생각이 들어서 그러는 건가 해서."

"그럴 리가 있겠냐? 나 바람의 정령왕이거든!"

"저 자식, 또 허세 부리네. 스피넬, 아무래도 네 예측이 맞나 봐."

이제야 비로소 의문이 풀렸다는 듯 이노센트가 고개를 내저으며 끌끌 혀를 차 댔다. 그 모습을 보고 있던 템페스타는 자연히 분노 게이지가 차올랐다.

"아니라고! 아니란 말이야! 이것들이, 아무것도 모르면서 까불고 있어!"

"템페스타, 정령왕의 고유 능력은 이전에는 아예 없던 거야. 어떤 거든 절대 우리가 우습게 볼 만큼 시시한 능력이 아닐 테니 안심하고 얘기해 봐."

흥분하는 템페스타를 진정시키려는 듯 라나사가 부드럽게 말을 건넸다. 이런 식의 분위기를 조성하려는 의도는 분명 아니었는데, 어쩌다 보니 닦달 아닌 닦달을 하고 있었다.

"난 쟤들처럼 떠벌리고 싶지 않다니까? 제발 모두 나에게서 관심 좀 꺼 줄래?"

관심 종자.

줄여서 일명 관종이라고도 한다.

친구들은 그 '관종'이라는 단어와 가장 잘 어울리는 이야말로 템페스타라고 항상 생각해 왔다.

그랬던 녀석이 갑자기 관심을 꺼 달라니, 이젠 정령왕이 되면서 성격이 변하기라도 한 건가 하는 합리적인 의심마저 들기 시작했다.

"템페스타."

멀리서 지켜보던 바율이 합류한 것은 그 즘이었다. 그의 등장에 어째선지 화들짝 놀란 템페스타가 저도 모르게 순간적으로 돌풍을 일으켰다.

"야, 너!"

바율이 빠르게 잠재워서 아무 일도 일어나지 않았지만, 갑작스러운 돌풍에 하마터면 다들 넘어질 뻔했다.

"아휴, 놀라라. 바율, 너 마침 잘 왔다. 저 녀석 입 좀 열어 봐."

"와, 이제 드디어 궁금증이 풀리겠네."

"안 그러던 애가 안 하던 짓을 해 대니까 더 답답해 죽겠다."

바율이 왔으니 그들은 이제 템페스타가 다 털어놓을 거라고 확신했다. 정령들에게 바율의 말은 어떤 상황에서도 절대적이었으니까.

하나 그건 대단한 착각이었다.

"바율…… 나 정말 지금은 말하고 싶지 않아……. 이해해 줘."

지금 우리가 무슨 소리를 들은 거야?

설마 방금 템페스타가 바율을 거부한 거야?

진짜로?

말도 안 돼!

바율은 그럴 겨를이 없어 정령왕이 된 걸 미처 제대로 축하하지 못해서 미안하다는 말로 운을 뗐다. 그리고 일행이 그토록 기다리던 질문을 하였는데, 돌아온 답변이 완전히 기대를 저버렸다.

사대 정령 모두가 바율을 우선시하긴 하지만, 개중에서도 템페스타는 그의 칭찬과 관심을 독차지하고 싶어서 별짓을 다 하던 녀석이었다.

그런데 이 무슨 해괴한 반응이란 말인가.

다들 놀라움에 넋이 나간 표정이었다. 본인들의 귀를 의심한 나머지, 서로에게 묻고 아주 난리였다.

그러나 단 한 사람, 바율만은 달랐다. 당사자이니만큼 당황스러울 법도 한데, 외려 그는 미간을 살짝 찌푸릴 뿐 별다른 표정의 변화가 없었다.

하지만 눈썰미가 좋은 이였다면 발견할 수 있었을 것이다. 바율의 시선이 템페스타를 지나, 셰임에게 잠시 머물렀다는 걸.

그것은 아주 찰나였지만, 흡사 무언가를 약속이라도 하

는 듯한 눈빛들이었다.

2.

템페스타의 괴행은 일단 녀석의 결정을 존중해 주는 것으로 마무리 지었다. 수다스러운 녀석이 침묵을 택한 데에는 그만한 이유가 있을 터이니, 되도록 먼저 말을 꺼낼 때까지 자극하지 말라며 바율이 모두에게 주의를 주었다.

그 바람에 이노센트의 입이 댓 발이나 나왔지만, 어쩔 수 없었다.

아무도 모르게 드릴 말씀이 있습니다.

템페스타가 이해해 달라고 부탁하던 순간, 바율의 머릿속을 울린 건 놀랍게도 셰임의 목소리였다. 단 한 문장이었지만, 분명 '아무도 모르게'란 표현을 사용했다.

그 자리에 있었던 건 바율의 친구들과 정령들뿐이었다. 그런데도 셰임이 그런 말을 했다는 것은, 정녕 '그 누구도' 알아선 안 된다는 의미였다.

당장 그곳에서도 바율만이 들을 수 있게 털어놓을 수 있음에도 그러지 않은 것 또한, 얘기를 듣고 난 그가 어떤 반응을 보일지 알 수가 없기에 그랬을 터였다.

그만큼 중차대한 일이라는 건데, 바율은 도무지 짐작 가는 바가 없었다. 템페스타는 제게 또 질문이 쏟아질까 봐 겁이라도 먹은 건지 답지 않게 잠적까지 해 버렸다.

여러모로 녀석과는 어울리지 않는 처세인지라 당연히 다들 기이하게 여겼다. 거기에 바율은 바율대로 셰임 때문에 머리가 복잡했다.

템페스타와 셰임 사이에 분명 뭔가 대화가 오간 듯한데, 그 내용을 통 알 수가 없으니 갑갑했다. 지금이라도 따로 자리를 만들어 볼까 싶었지만, 형과의 저녁 식사를 포기하는 것도 말이 안 되었다.

언제 또 이런 기회가 올지 모른다.

자꾸만 샛길로 빠지려는 정신을 다잡고 바율은 식사에 집중하려고 노력했다.

"어때요, 바일 도련님? 입에 맞으세요?"

"응, 리타. 정말 맛있어! 요리 실력이 한층 더 발전한 것 같은데?"

"헤헤, 정말요?"

날이 날인지라 진수성찬이 바일 앞으로 놓였다. 길게 늘어선 커다란 테이블 위로 수많은 요리가 차려졌지만, 특히 바일의 근처는 확연히 티가 날 정도로 음식들이 고급스러웠다.

그에 데스와 마황의 불만이 하늘을 찔렀으나, 감히 무어라 불평할 수는 없었다. 그들이 그간 인간계에 머물면서 는거라곤 리타의 눈치를 살피는 일뿐이었다. 오늘 같은 날 그녀를 건드리면 굶는 정도로 끝나는 게 아니라, 다신 해밀턴에 발도 붙이지 못하리라는 걸 본능적으로 직감했다.

식사 자리에 끼워 준 것만으로도 얼마나 감지덕지한지.

그들은 조용히, 그러나 빠른 속도로 자신들만의 식사를 이어 나갔다.

"어머니께 말씀 많이 들었습니다."

그러던 와중, 바율의 친구들과 정식으로 인사를 나눈 바일이 마황과 데스에게 관심을 내보였다.

"아그니스가 내 얘기를 하던가?"

크루델리스는 전대 물의 정령왕인 다프네그란데와 연인 사이였다. 그 때문에 그녀의 최측근이었던 아그니스 역시 마황과의 만남이 꽤 잦았다.

"욕은 아니었으면 좋겠군."

그럴 리 없다는 걸 알면서도 마황은 부러 피식 웃으며 어깨를 으쓱였다.

"감사합니다."

그런 그를 잠시 부드러운 눈길로 쳐다보는가 싶더니, 바일이 돌연 감사 인사를 건넸다. 그에 마황과 데스 둘 다 먹던 것을 멈추고 시선을 들었다.

"두 분이 바율에게 큰 힘이 되어 주신 거, 잘 압니다. 그래서 어머니도 염려를 덜어 내셨지요. 뵙게 되면 꼭 고맙다는 말씀 전하고 싶었습니다."

"글쎄…… 우리가 뭐 특별하게 한 게 있던가? 별로 생각이 안 나는데……."

겸양을 떨고자 하는 말이 아니었다. 크루델리스는 진정그리 여겼다. 데스 역시 그 점에 대해서는 제 형의 의견에어느 정도 동의하는 바였다. 물론 엄밀하게 따지면 아예 아무것도 하지 않은 건 아니었지만, 대부분의 사건은 바율이해결했다고 봐야 했다.

하나 그들이 간과한 문제가 하나 있었으니.

그것은 바로 존재감이었다.

기실 마황과 데스는 함께 있어 주는 것만으로도 안심이되는 이들이었다. 리타에겐 종종 쓸모없는 식충이로 취급받는 둘이지만, 정령계에 있던 이베트와 바일에겐 바율의곁을 든든하게 지켜 주는 최고의 아군이었다.

"알긴 아시네요."

바일이 뭐라 덧붙이려는 찰나, 일라이가 조금 더 빨랐다.

"우리 아빠, 그러니까 드래곤 로드께서 한 일에 비하면 아주. 매우. 몹시. 미미한 수준이죠."

라예가르는 달의 일족에 대한 설명을 마치자마자 드래곤 사회로 급히 돌아갔다. 원로들의 건강 상태를 살핀다는 명목이었으나, 그보다는 금번 일로 자존심에 상처를 입은 그들을 위로하고자 함이었다.

천성적으로 타고난 자가 치유력에 이노센트의 능력까지 더해져 드래곤들은 한 개체도 빠짐없이 전부 완벽하게 치료를 마쳤다.

그러나 원로들이라는 자가 여럿이서 인간 하나를 상대로 제대로 대응조차 하지 못했다는 사실에 그들은 꽤 큰 충격을 받았다.

기실 전대 정령왕의 힘을 이은 바율이 특출난 것이었지만, 저들이 지상 최강의 생명체라 자부하며 살아온 드래곤들이었기에 타격이 없을 수가 없었다.

라예가르는 이참에 주신에 관한 진실을 원로들에게도 알릴 생각이었다. 본인들이 따르던 이가 진짜 창조신이 아니라는 걸 알게 되면 그동안 속았다며 분노할 게 자명했고, 그렇게 되면 주신과 대적할 명분 또한 생긴다.

지금은 천계의 존재들을 제외한 모든 종족이 힘을 합쳐야 할 때였다.

"아, 드래곤들이 큰일을 하긴 했지. 덕분에 마지막 정령왕이 탄생했으니까."

"어라? 그러고 보니 상대 힘을 흡수하는 건 내 능력이잖아? 나도 한몫 제대로 거들었네."

"그게 그렇게 되나?"

"잠깐. 이제 생각하니 정령들이 상급으로 성장한 것도 내 덕인데? 그때도 오늘과 비슷했거든."

"갑자기 마기가 폭발하는 바람에 놀란 내가 인간계에 강림하게 되었지. 리타의 음식도 그래서 먹을 수 있었던 게야."

그때의 기억이 아련한지 마황이 입가를 히죽이며 게슴츠레한 표정을 지었다.

두 형제가 의도한 것은 아니었지만, 일라이는 점점 기분이 가라앉았다. 진짜 고생한 건 드래곤인데, 어째 데스가 중요 역할을 한 듯 이야기가 흘러가고 있었기 때문이다. 한데 또 그의 말이 사실인지라 무어라 반박할 수도 없었다.

"라이, 어떡하지? 내가 정신이 없어서 이사장님께 미처 고맙단 말씀도 못 드렸네. 다른 원로분들에게도 사죄해야 할 텐데."

셰임에 대한 생각으로 머릿속이 가득하던 바율은 그제야 드래곤들에게 제대로 사과조차 못 했다는 사실을 자각했다. 템페스타가 정령왕이 되는 과정에서 대다수의 드래곤이 부상을 입었다. 물론 일부러 그랬던 것은 아니지만, 그렇다고 해도 엄연한 그의 과오였다.

"엥? 그게 무슨 소리야. 사죄는 바율 네가 아니라 셰임이 해야지!"

괜히 나섰다가 체면만 깎았다고 속으로 구시렁거리던 일라이가 셰임의 계략을 떠올리곤 버럭 소리쳤다. 녀석은 아직도 셰임이 드래곤을 이용했다는 점에 약이 올랐다.

"라이, 셰임은 그냥 미래를 본 것뿐이야. 말을 했든 안 했든 상황은 바뀌지 않았을 거라고."

"그래. 게다가 셰임이 원로들이 다칠 거라고 미리 경고했다면, 그들이 그렇게 기꺼이 와 주었을까? 난 아니라고 봐."

"네 심정은 알겠는데, 그만 성질내. 이미 끝난 일이야."

"와, 너희들 내 친구 아니었냐? 어떻게 죄다 셰임 역성만 들어?"

라나사를 선두로 에이단과 퀸까지 셰임을 두둔하자, 일라이가 어이없다는 듯 와락 인상을 찌푸렸다. 안 그래도 그 일로 아버지가 기운을 몰아 쓴 탓에 열 받아 죽겠거늘, 친구라는 것들이 위로는커녕 기름을 붓고 있었다.

"라이, 내가 미안해. 속 많이 상했어?"

다행스러운 건 개중 한 명은 그나마 저를 위한다는 거였다.

"이번에 여러 가지로 이사장님께 신세를 진 것 같아. 셰임은 내 걱정하느라 그랬던 거야. 너도 알다시피, 그땐 내가 잠시 제정신이 아니었잖아."

"그거야 넌…… 어쩔 수 없었잖아……."

숙부 얘기를 직접적으로 다시 꺼내기는 왠지 부담스러웠다. 일라이가 말끝을 흐리며 시선을 피하자 바율이 다시 한번 사과했다.

"정말 미안해. 다른 분들께는 내가 나중에 한 분 한 분 찾아가서 정식으로 사죄하도록 할게. 기껏 찾아와 도움을 주려 하셨는데 난 외려 피해만 끼쳤으니, 입이 열 개라도 할 말이 없다."

"…네가 그렇게 나오면 내가 뭐가 되냐? 난 그냥 셰임이 괘씸한 것뿐인데."

"저기, 셰임 얘기가 나와서 말인데."

알레그리아였다. 그녀가 중간에 끼어들어서 미안하다는 손짓을 일라이에게 취한 후 바로 말을 이었다.

"우리에게 남은 미래가 어떤 모습일지, 셰임에게 물어볼 수 있을까? 물론 가능하다면 말이야."

땅의 정령왕인 셰임에겐 미래를 보는 능력이 생겼지만,

아쉽게도 그건 그의 의지대로 행할 수 있는 게 아니었다. 어느 순간 불쑥 떠오르는 것이라고 하였다.

그럼에도 알레그리아가 물은 건 일전에 석연치 않던 셰임의 눈빛 때문이었다.

태고의 신물 중 하나가 하필이면 천계에 있다는 걸 알면서도 그에게선 어쩐지 염려를 느낄 수가 없었다.

　　"찬물을 끼얹고 싶지는 않으나, 아버지…… 의 힘
　　은 여러분이 상상하시는 것 이상으로 막강합니다.
　　그분의 말 한마디면 우리 전부가 일시에 죽을 거예
　　요."
　　"그건…… 두고 보면 알게 될 겁니다."

셰임은 분명 그리 대답하였다. 두고 보면 알게 될 거라고.

촉박한 상황이라 더는 묻지 못했지만, 그 말의 진의가 무엇인지 지금이라도 듣고 싶었다.

"나도 궁금해! 주신과 싸워 이기려면 나머지 태고의 신물이 필요하잖아. 우리가 그거 구해서 맞서 잘 싸웠을까? 당연히 멋지게 물리쳤겠지?"

에이단은 그런 결말 말고는 떠올리고 싶지 않았다.

"셰임에게 뭐 더 본 거 없는지 물어보자!"

"나는 찬성."

라나사가 손을 들어 동의를 표했다. 일라이와 퀸은 아무 말 없었지만, 딱히 반대하는 눈치는 아니었다. 란데르트 공작과 바일 역시 마찬가지였다. 무슨 대화가 오가든 관심 없이 식사에 열중하는 건 마황과 데스뿐이었다.

"그거라면 내가 이미 물어봤어."

"뭐? 정말? 언제? 아니, 이게 아니지! 뭐래?"

"희망적이었어?"

기대를 저버리고 싶지 않았으나, 바율은 아직 아무것도 말할 수 있는 처지가 아니었다. 셰임이 비밀을 요했으니 일단은 다리를 한 발 떼어 놓는 편을 택했다.

"보지 못했대. 아직 때가 아닌가 봐."

"아, 그래?"

"하긴, 그런 중차대한 일이 아무 때나 막 보이지는 않겠지."

"다음에라도 뭔가 봤다고 하면 꼭 얘기해 줘. 알겠지?"

"맞아. 그래야 우리도 대비를 할 수 있으니까."

불길한 예언을 들은 것도 아닌데, 내심 기대가 컸는지 다들 풀이 죽은 말투였다. 그 탓에 바율은 괜스레 민망한 기분이 들었다.

"정 그렇게 궁금하면 아몬에게 물어보든가."

입안 가득 씹고 있던 고기를 꿀꺽 목구멍으로 넘기며 데스가 툭 던지듯 내뱉었다.

"…아몬에게요?"

"저를 찾으셨습니까?"

때마침 김이 모락모락 오르는 갓 나온 음식을 양손에 든 채 아몬이 등장했다.

"뭐 필요한 거라도 있으신가요?"

보이지도 않는 눈으로 식탁 위를 죽 살펴보는 아몬의 행동으로 보아 데스가 한 말은 듣지 못한 듯했다.

"아, 아니요. 여긴 괜찮습니다."

바율은 냉큼 손을 저었다. 아몬이 미래를 봐 준다면 고마운 일이지만, 그는 셰임과 달리 수명을 대가로 지불해야 했다. 당연히 함부로 부탁할 수 없었다.

"다들 알고 싶은 거 아니었어? 갑자기 왜 빼는데?"

"데스……."

"아몬은 마계 서열 11위의 대마족이야. 그까짓 것쯤은 금방 알 수 있다고."

"하지만……."

"아, 수명 주는 것 때문에 그러는 건가? 그 점도 문제없어. 어차피 살날은 많으니까. 대신 뭘 바쳐야 하는지는 알지?"

"설마 또 애플파이 타령입니까?"

"타령이라니? 애플파이가 우리에게 얼마나 소중한데!"

바율은 몰랐지만, 마족 형제들에겐 애플파이 금지령이 내려진 상태였다. 만드는 족족 그들이 다 해치우는 바람에 파이가 남아나질 않아서 내린 결정이었다.

"디저트로 그만한 게 없어."

크루델리스가 입맛을 다시며 아몬을 올려다보았다.

"황제로서 명한다. 미래에 천계와의 전쟁이 어떤 결말로 끝나는지 지금 당장 알아내도록."

"신, 폐하의 명 받사옵니다."

아몬의 어조가 순식간에 달라졌다. 양손에 들고 있던 접시를 빈자리에 내려놓은 그가 일행에게 정중히 청했다.

"하오나 이곳에선 불가하오니, 장소를 옮겨 주실 수 있겠습니까? 리타 양이 나왔다가 저를 보고 놀라서 기절할지도 모르니까요."

"아."

그러고 보니 아몬이 감은 눈을 뜨면 그의 얼굴은 까마귀로 변한다. 신체만 인간의 형태를 유지하고 머리만 달라지는 그의 모습은 아무리 좋게 보려 해도 상당히 괴기스럽다. 사방이 뻥 뚫린 이런 식당에서 실행할 만한 것이 못 되었다.

"그럼 빨리 먹어야겠네요."

여태 그녀답지 않게 깨작거리던 라나사가 갑자기 의욕을 불태웠다. 기실 그녀는 아몬에 관한 이야기를 말로만 들었지, 직접 본 적이 없었다. 예언도 예언이지만, 변한 그 모습이 어떨지도 자못 궁금했다.

"아무리 그래도 그렇지, 어떻게 애플파이에……."

마족들이 리타의 음식에 환장한다는 건 알레그리아에게도 이젠 익숙한 일이었다. 그럼에도 고작 그걸 얻기 위해 제 수명까지 깎아 가며 미래를 보겠다니. 새삼 황당해서 말문이 턱 막힌다.

그에 반해 바일은 호기심을 드러내며 바율에게 물었다.

"바율, 아몬이란 분에게 앞날을 내다볼 수 있는 능력이 있는 거야?"

"응, 형. 대신 대가를 치러야 해."

"수명 말이지?"

이미 오가는 대화를 들었다. 타고난 생명의 시간이 줄어든다는 건 야속하지만, 그렇다고 해도 미래를 볼 수 있다는 건 분명 엄청난 능력이었다.

역시 고위 마족은 다르구나.

그런 존재를 고작 애플파이로 움직이게 할 수 있다니.

바일은 저도 모르게 피식 웃음이 나왔다. 마계를 좌지우지한다는 자들이 디저트를 얻기 위해 이렇게까지 노력한다는 게 순간 귀엽게 느껴졌다.

아무래도 이베트의 영향인지, 그는 모든 면에서 마족들에게 호의적이었다.

"뭐 해? 얼른 안 먹고."

"어, 응."

라나사가 툭 치자 멍하니 있던 알레그리아가 멈췄던 식사를 다시 시작했다.

그렇게 실내엔 한동안 말없이 식기들이 부딪히는 소리만이 울렸다.

가장 중요한 미래를 볼 기회였다. 란데르트 공작은 커닝 집사를 불러 사다드와 이언, 그리고 아이작을 호출했다.

어떤 결과가 그들 앞에 나타날지 모르겠지만, 중대 사안이니만큼 최측근과 함께하는 것이 나을 거란 판단에서였다.

3.

"크윽!"

버터 향이 어우러진, 고소하면서도 향긋한 냄새가 일행의 비부를 자극했다. 겉으로 봐선 그다지 특별해 보이지 않는 파이에 불과했으나, 누구라도 한번 먹으면 절대 잊을 수 없는 극강의 맛을 자랑하는 호슈에 아줌마의 비밀 병기였다.

리타의 음식만을 고집하는 마족들의 까다로운 입맛마저 사로잡았으니 가히 대단하다 칭찬할 만했다.

"일단 하나씩 먹고 시작할까?"

"당연한 소리."

마황과 데스는 누가 먼저랄 것 없이 서둘러 파이를 입으로 가져갔다. 그리곤 동시에 격한 신음을 토했다. 그간 멀리서 눈으로만 음미하던 걸 드디어 먹을 수 있게 되었으니, 그 감동을 어찌 이루 말할 수 있겠는가.

이래서 아는 맛이 무서웠다.

과장 조금 보태서, 그들은 설령 주신과의 전쟁에서 이긴다 해도 이 정도로 감격할 것 같지는 않았다.

"아몬은 안 드세요?"

정작 힘을 사용할 이는 그이건만, 아몬은 향기만 맡을 뿐 얌전히 자리를 지키고 앉았다. 그건 소식을 듣고 달려온 바르와 아고스도 마찬가지였다. 침을 연신 꼴깍대는 것으로 보아 당장이라도 입에 집어넣고 싶은 듯한데, 아무래도 마황과 데스의 허락을 기다리는 모양이었다.

어떤 상황에서도 서열 하나는 기가 막히게 따지는 마족

들이었다.

"저는 미래를 보고 난 뒤에 시식하도록 하겠습니다. 왠지 그 편이 더 맛있게 느껴질 것 같거든요."

"저도요."

끄덕끄덕.

눈빛은 전혀 그렇지 않으면서, 바르와 아고스가 거세게 고갯짓하며 동의를 표했다.

"그럼 시작하겠습니다."

아몬의 말이 끝나기가 무섭게, 집무실의 공기 흐름이 바뀌었다. 이전에는 느끼지 못했던 엄청난 마기가 그를 중심으로 휘몰아치고 있었다.

번쩍!

그리고 줄곧 감겨 있던 아몬의 눈이 오랜만에 떠졌다.

"⋯⋯!"

라나사는 어깨를 움찔 떨었다. 웬만한 것으로는 그리 쉬이 놀라지 않는 강심장을 지닌 그녀이거늘, 그럼에도 일순 오싹한 기분이 들었다.

그도 그럴 게, 아몬의 눈은 그 전체가 칠흑처럼 까맸다. 흰자위라고는 조금도 없이.

언더테이커인 아버지를 둔 탓에 종종 언데드를 목격했지만, 그때도 이런 소름 끼치는 느낌이 들진 않았다.

하지만 더욱 놀라운 건 그다음이었다.

아몬의 얼굴이 점점 변하기 시작한 것이다.

안면이 찰흙처럼 뭉개지며 입가가 뾰족하게 부풀어 올랐다. 그것은 곧 부리 모양이 되었고, 동시에 그의 긴 머리칼은 검은색 깃털로 탈바꿈했다.

완벽한 까마귀의 모습이었다.

"……."

그 기이한 변화를 처음 보는 것도 아니거늘, 바율은 새삼 다시 놀랐다. 다른 이들은 말할 것도 없었다. 아몬의 충격적인 변신에 란데르트 공작은 물론, 바일과 이언 등 전부입을 다물지 못했다. 오직 마족들만이 남의 일인 양 평화로울 따름이었다.

"시간의 기록장!"

일전에도 보았던 두꺼운 서책 하나가 공중에 나타나자, 그제야 좀 정신을 차린 에이단이 반갑게 소리쳤다.

이 세계의 미래가 적혀 있다는 책.

그건 오로지 아몬만이 읽을 수 있다고 했다.

신묘한 빛을 흩뿌리며 서서히 하강하는 서책을 바라보며 바율은 긴장했다. 과연 저기에 무어라 쓰여 있을지, 저도 모르게 조바심이 났다.

"맞습니다. 이 책은 시간의 기록장이라 불립니다."

아몬의 손에 서책이 사뿐히 내려앉았다. 일행을 빙 둘러보며 잠시 호흡을 가다듬던 그는 이윽고 조심스럽게 페이지를 넘겼다.

라나사는 혹시나 하는 마음에 고개를 들고 안을 살펴봤지만, 그녀에게 보이는 건 그저 새하얀 백지뿐이었다. 천신인 알레그리아 또한 아무것도 발견할 수 없었다.

꿀꺽.

책장을 넘기던 아몬의 손짓이 멈추자 실내에 침 삼키는 소리가 퍼졌다.

하지만 누구도 뭐라 하지 않았다. 정확히는 다들 아몬에게 집중하느라 그런 걸 신경 쓸 겨를도 없었다.

내용이 꽤 긴지, 아몬은 제법 오래도록 서책에서 눈길을 떼지 않았다. 그래서일까. 바율은 문득 불길한 예감에 사로잡혔다.

탁!

책을 덮자마자 아몬의 얼굴은 전처럼 한순간에 본래대로 돌아왔다. 한데 그런 그의 안색이 새하얗다 못해 파랗게 질려 있었다. 시간의 기록장은 이미 어디론가 사라지고 없었다.

"뭔데? 뭘 봤길래 표정이 그따위야?"

평소와 달리 아몬이 바로 아무런 말도 하지 않자 데스가 인상을 확 찌푸렸다. 기실 그에게도 아몬의 이런 반응은 퍽 낯설었다.

"아몬……?"

무려 데스의 물음에도 아몬은 쉬이 입을 열지 못했다. 그에게서 어떤 말이 나올지 몰라 두려웠으나, 바율은 용기를 내 재차 아몬의 이름을 불렀다. 그러자 그의 고개가 느릿하게 바율을 향했다.

아몬의 감긴 두 눈이 오늘처럼 답답하다 여겨지기는 처음이었다. 눈빛이라도 마주치면 조금은 무슨 말을 할지 기미라도 느낄 수 있었을 텐데, 여전히 보이는 거라곤 창백하리만치 하얀 얼굴뿐이었다.

"말씀해 주십시오. 감당은 저의 몫입니다."

"그래요, 아몬. 그렇게 아무 말도 없는 게 더 불안하다고요!"

"설마…… 우리가 주신과의 전쟁에서 패배하는 겁니까?"

승리를 보았다면 이런 반응일 리가 없었다.

"…송구하게도, 그렇습니다."

역시나 예감은 비켜 가지 않았다. 친구들의 닦달에 마지못해 대답하는 아몬의 심정은 어느 때보다 괴로웠다. 차분하려 부단히도 애를 썼지만, 도무지 진정할 수가 없었다. 그는 자신이 본 미래로 인해 현재 매우 격앙된 상태였다.

솔직히 그는 흘러가는 정황상 막연히 밝은 앞날을 예측했었다. 새로운 세계가 바율을 중심으로 돌아가고 있다고 확신했기 때문이다.

하나 그가 읽은 미래는 암울, 그 자체였다.

"우리 모두 사라지게 될 겁니다."

"그 말씀은…… 전부 죽을 거란 뜻인가요?"

이제 막 정령왕이 모두 그 모습을 드러냈다. 그리고, 그 덕에 정령계의 복원 역시 진행되고 있었다. 머지않아 이전의 정상적인 세상으로 돌아갈 터였다.

한데, 이 모든 게 물거품이 된다고?

믿을 수 없으리만치 허무한 결말에 일행은 염려보다 억울함이 앞섰다. 천신인 알레그리아만이 그럴 줄 알았다는 듯 체념한 기색이었다.

"이번엔 정령계만이 아닙니다. 우리 마계도 멸망을 피할 수 없습니다. 존재하는 생명체 모두가…… 오직 천신만을 믿고 따르는 세상이 올 겁니다."

그 말인즉슨, 전쟁 이후 천계만이 살아남을 거란 뜻이었다.

"마지막 남은 태고의 신물 때문인가요?"

"그걸 끝내 찾지 못해서요?"

"…그렇습니다."

역시 그게 문제였다. 하필이면 천계에 있다는 마지막 신물. 그로 인해 주신과의 싸움에서 밀리게 되는 모양이었다.

"마계의 멸망이라……."

마지막 애플파이를 막 입으로 가져가려던 마황이 낮은 음색으로 중얼거렸다. 그는 자신의 세계가 사라진다는 말을 듣고도 딱히 표정에 큰 변화가 없었다.

그건 데스도 비슷했다. 아니, 그는 오히려 히죽 입가를 비틀며 웃었다.

"기어이 그렇게 된단 말이지."

죽음 따위는 두렵지 않았다. 애초에 태어난 이래로 단 한 번도 느껴 본 적 없는 감정이었다.

"근데, 생각해 보니까 좀 열 받네. 딴 놈도 아니고, 하필 주신한테 목이 따이다니."

그놈은 꼭 제 손으로 처리하고 싶었는데 말이다. 인간계가 천계의 손아귀에 놀아나게 되는 것도 슬쩍 짜증이 밀려 왔다.

"그게 언제인가?"

전쟁에서 패하고 죽게 될 거란 예언을 들었다. 그럼에도 아몬에게 묻는 란데르트 공작의 음성은 굳세고 당당했다. 마치 무언가 믿는 구석이라도 있다는 듯이.

"모두 너무 걱정하지 마세요."

아몬이 무어라 답하기도 전이었다.

주신과의 전쟁에서 패할 거란 말을 듣고 내내 표정이 굳어 있던 바율이 눈가에 힘을 주며 말했다.

"미래는 변할 수 있어요. 다들, 로만드시에서 일어난 지진을 기억할 겁니다. 본래대로라면 아버지는 그곳에서 부상을 입고, 그로 인해 드와이어트 제국과의 전쟁이 늦춰질 거였어요. 하지만 실제로 일어난 일의 결과는 어땠는지 이미 다 아실 겁니다."

바율과 친구들이 잉그리드를 타고 날아가 해일을 멋지게 막아 냄으로써 공작은 부상도 입지 않았고, 전쟁도 예상대로 가뿐하게 승리로 마무리했다.

"바율, 그건 그렇지만…… 지금은 상대가 무려 주신이야. 비교 대상이 다르다고."

"맞아. 그때처럼 우리가 뭘 할 수 있는 상황이 아니니까."

미래를 그리 쉽게 바꿀 수 있다면 얼마나 좋겠는가.

평소 바율이 상심할 때마다 위로해 주던 에이단과 일라이였거늘, 이번만큼은 부정적이었다.

하나 그런 그들의 반응에도 바율은 위축되지 않았다.

"아니. 난 꼭 찾을 거야."

우리가 이길 방법을.

무슨 수를 써서라도.

고난한 상황은 늘 바율의 앞길에 펼쳐졌었다. 그리고 바
율은 매번 그걸 잘 헤쳐 왔고.

금번에도 필시 그렇게 될 거라고 바율은 자신했다. 어머
니와 형을 이제야 다시 만났는데, 절대 이대로 헤어질 수는
없었다.

'셰임이 내게 할 말이 있다는 게 이거였어.'

셰임은 아직 아무 말도 하지 않았지만, 바율은 본능적으
로 직감했다.

무언가 반드시 변수가 있으리라.

그게 무엇이든 기필코 해내고 말겠다며 바율은 속으로
다짐하고 또 다짐했다.

〈다음 권에 계속〉

Chapter 10.
특별 외전 : 만두 대전

이 외전은 본편과 전혀 상관없는 현대 버전 스토리입니다.
그냥 재미로만 봐 주세요.

1.

"설날 아침엔 무조건 떡국이죠."

"떡국?"

리타의 갑작스러운 선언(?)에 데스가 심각한 표정을 지었다.

리타가 한 요리라면 뭐든 맛있게 먹는 그였지만, 난데없이 떡이라니? 본래 중요한 날에는 고기를 먹는 게 진리 아니었나? 정녕 제정신으로 하는 말인가?

하나 차마 속내를 있는 그대로 내뱉을 용기는 없어 그가 바르게 조용히 눈짓했다. 네놈이 나서서 메뉴를 바꿔 보라는 무언의 압박이었다.

"저기요, 스승님."

바르도 하나뿐인 스승에게 미움받고 싶진 않았기에 망설였지만, 데스의 눈가에 살기가 점점 차오르는 것을 느끼고 결국 조심스레 입을 열었다.

"새해 첫날은 모두에게 중요한 날이잖아요. 시작이 좋으면 반은 먹고 들어가는 거나 마찬가지라고…… 그런 신년이니만큼, 먹을 것에 조금 더 신경을 쓰시는 게 여러모로 낫지 않을까 싶습니다."

"그래서 떡국을 한다는 거잖아요. 이게 오늘의 메인 메뉴라니까요?"

"말도 안 돼요! 고기도 없는 요리가 어떻게 메인이 됩니까?"

데스가 유난히 표현에 거침이 없을 뿐, 바르의 고기 사랑 역시 결코 누구에게 뒤지지 않았다.

그래서인지 그가 저도 모르게 언성을 높이자 리타가 인상을 쓰며 한 걸음 뒤로 물러났다. 그러곤 수상하다는 눈초리로 바르의 위아래를 훑었다.

"지금 이 태도는 혹시…… 제게 반항하시는 건가요?"

"예? 반항이라니요! 당치도 않습니다! 제가 어찌 하늘 같은 스승님에게 그런 망극한 짓을 할 수 있단 말입니까!"

"반항 맞는 거 같은데. 고기 먹고 싶어서 나한테 그러는 거잖아요."

"고기를 먹고 싶은 건 맞지만…… 절대 반항은 아닙니다!"

그런 일은 맹세코 일어날 수 없다는 양, 바르가 두 눈에 잔뜩 힘을 준 채 고개를 열심히 가로저었다.

"그럼, 저기 있는 형님이 시켰어요?"

리타의 가늘어진 시선이 바르의 뒤로 향했다. 그곳엔 데스를 비롯해서 마황과 아몬, 아고스가 부동의 자세로 촉각을 곤두세우고 있었다.

"그, 그것도 아닙니다!"

"말 더듬는 것 보니까 맞네요, 뭐."

리타가 불쌍하다는 듯 혀를 끌끌 차며 바르를 안타깝게 바라보았다. 본인의 제자라는 이유로 이리 치이고 저리 치이는 바르의 현실을 너무나 잘 아는 탓이다.

"형님들에게 걱정들 하지 말라고 전하세요. 떡국에 만두도 넣을 거니까."

"만두요?"

"네, 고기만두 빚어서 같이 먹을 생각이었어요."

"오오, 그랬어? 그럼 진작 얘기를 해 주지!"

'고기' 소리에 한달음에 달려온 데스가 환한 미소를 지으며 두 눈을 깜박였다. 엉덩이에 꼬리만 안 달렸지, 하는 짓을 보면 영락없이 주인에게 꼬리를 흔드는 개나 마찬가지였다.

그게 순간 괘씸하기라도 했는지, 리타가 예상치 못한 말을 꺼냈다.

"대신, 만두는 각자 빚어야 해요."

"각자?"

"네, 먹을 입이 좀 많아요? 그걸 제가 언제 혼자 다 해요. 이왕 이렇게 된 거, 다 같이 만들어 보도록 하죠. 가장 예쁘게 빚은 분께는 제가 특별 요리도 해 줄게요."

리타의 특별 요리.

그 일곱 글자가 마족들에게 시사하는 바는 대단했다. 내내 받아먹기만 하던 데스와 마황까지 덤벼들 정도로 주방의 열기가 순식간에 후끈 달아올랐다.

그리고 그건 바율과 친구들에게까지 영향을 미쳤다. 심심하단 이유로 바율의 집에 놀러 온 일라이가 본인의 SNS에 만두 빚는 영상을 올린 것이다. 덕분에 갑자기 단톡방이 요란해졌다.

후계자(퀸) : 뭐냐, 라이? 너 지금 바율 집이냐?

잉그리드 내 새끼(에이단) : 거긴 혼자 왜 갔대?

로건(로건) : 만두 먹으러 간 거야? 리타가 떡국 끓이나 보지?

미래의 만월 기사단(라나사) : 진짜 맛있겠다. 나도 만두 좋아하는데!

후계자(퀸) : 이 자식은 왜 대답이 없어?

미래의 만월 기사단(라나사) : 왜긴 왜겠니? SNS에 올릴 셀카 찍느라 바쁘겠지.

새해를 맞아 한껏 치장한 일라이의 모습은 영화 속의 주인공처럼 아름다웠다. 붉은색 머리칼을 단정하게 묶고, 카메라를 향해 윙크를 날리는 모습은 그야말로 뭇 소녀들의 가슴을 설레게 하기에 충분했다.

허세는 또 어찌나 부리는지.

#새해엔 #더멋진 #내가될게

녀석의 해시태그를 본 친구들은 하나같이 토하는 시늉을 해 댔다.

―야, 너 톡 안 보냐?

"뭐야. 퀸 이 자식, 내 스토커야? 아니다. 얘는 내 스토커가 아니라, 바울 스토커지."

알람이 끊임없이 울리는 카톡을 애써 무시하며 갓 찍은 따끈따끈한 셀카를 SNS에 막 올리려던 차, 댓글 창에 새롭게 뜨는 글을 보고 일라이가 미간을 찡그렸다.

프로필 사진도 없고 아이디도 이상하기 짝이 없는 영어와 숫자의 조합이었지만, 누군지는 안 봐도 뻔했다.

"평소엔 나한테 관심도 없는 놈이, 지금 내가 바율이랑 있다고 이러는 거지?"

그간 녀석에게 당했던 일들이 몇 가지 빠르게 머릿속을 스치자, 일라이는 불현듯 좋은 생각이 떠올랐다.

"오냐. 오늘은 너도 한번 당해 봐라."

마지막 셀카를 계정에 올린 뒤 일라이가 돌연 바율을 불렀다.

"바율!"

"응?"

바율 역시 리타가 주최한 만두 대전에 참여 중이었다. 솔직히 속으로는 어제 개봉한 SF 영화를 보고 싶은 마음이 굴뚝 같았지만, 다들 만두를 빚는데 차마 혼자만 빠지기도 뭐했다.

"넌 얼굴에 왜 그런 걸 묻히고 있냐?"

바율의 콧잔등과 뺨에 허옇게 묻은 밀가루를 보곤 일라이가 킥킥거렸다.

"나 뭐 묻었어?"

"귀엽네."

핀잔을 줄 땐 언제고 일라이가 다가오더니 제 얼굴에도 똑같이 밀가루를 묻혔다.

"응? 뭐 하는 거야?"

"뭐 하긴. 누구 좀 약 올리려고 그러지."

"약을 올려?"

"어. 일단 가만히 있어 봐."

일라이가 어리둥절한 바율을 제 곁으로 끌고 오더니, 뜬금없이 어깨동무했다. 이어 찰칵, 하고 셔터 음이 울렸다.

"한 장만 더 찍자. 좀 웃어, 너!"

멍하니 찍힌 바율의 모습이 마음에 들지 않았는지 일라이가 '김치!'를 외쳤다. 그에 바율은 본능적으로 미소를 지었고, 덕택에 사진은 아주 잘 나왔다.

"됐어!"

뭐가 됐다는 건지 바율은 이해할 수 없었지만, 일라이는 이미 아주 만족하며 제자리로 돌아가고 있었다.

결국 바율은 고개를 절레절레 저으며 다시금 만두 빚기에 몰두했다. 기왕 시작한 거, 저녁에 아버지가 돌아오시면 제가 만든 떡만둣국을 꼭 대접하고 싶다는 야심 찬 포부와 함께.

"자, 요놈아! 보거라!"

그 시각, 일라이는 혼자 피식피식 웃으며 사진 하나를 SNS에 올렸다. 방금 바율과 함께 찍은 것이었다.

#withmybestfriend♥

핸드폰에서 요란한 벨 소리가 울린 건 그와 동시였다. 발신자는 역시나 퀸이었다. 일라이는 보란 듯이 수신 거부를 하곤, 소리를 무음으로 변경했다.

"네놈이 아무리 전화를 해 봐라. 내가 받는지."

그동안 퀸에게 당한 일들에 대한 소심한 복수였다.

카톡! 카톡!

통화가 안 되자 다시금 단톡방에 불이 났다. 홈 화면에 속속 올라오는 톡을 보며 일라이는 그간 쌓인 체증이 싹 내려가는 듯한 기분에 휩싸였다.

후계자(퀸) : 야, 라이! 너 전화 왜 안 받아?
후계자(퀸) : 바율이랑 둘이 뭐 하는데?
후계자(퀸) : 혹시 네가 바율 핸드폰 빼돌렸냐?

"이 자식이, 내가 그런 치사한 짓까지 할 놈으로 보이냐?"

퀸에겐 참으로 애석하나, 바율의 핸드폰은 홀로 외로이 방을 지키고 있었다. 만두에 정신이 팔린 나머지 미처 챙기지 못한 것이다.

후계자(퀸) : 그리고 네가 무슨 베스트 프렌든데?
후계자(퀸) : 얼른 바율 사진 안 내려?
잉그리드 내 새끼(에이단) : 그래, 사진은 좀 그렇다. 바율 그런 데 예민하잖아.
로건(로건) : 퀸 말 들어라.
미래의 만월 기사단(라나사) : 설 지나면 한바탕 폭풍이 일겠구먼.
후계자(퀸) : 내가 찾아가서 확 다 물바다로 만들어 버릴 거야! 각오해!

"얼씨구, 물바다는 무슨. 그 물 내가 다 증발시키면 되거든?"

퀸의 살벌한 협박에도 일라이는 휘파람을 불며 태연했다. 오히려 녀석은 여유롭게 잠금 화면을 풀고 버튼 1번을 꾹 눌렀다.

신호음이 두 번 울리고 나서 라예가르의 목소리가 들렸다.

【아들, 왜?】

【아빠, 언제쯤 올 거야?】

【한 세 시간은 더 걸릴 것 같은데. 무슨 일 있어?】

【아니, 나 지금 바율 집이거든. 오늘 떡만둣국 먹자고.】

【오, 리타가 한 거야?】

【다 같이 했어.】

【설마 너도?】

【응, 아빠 주려고 내가 직접 만들었지!】

【그럼 더 빨리 가야겠네. 우리 겸둥이가 만든 거 먹으려면.】

【헤헤, 기다리고 있을게. 이따 봐, 아빠.】

천연덕스럽게 거짓말을 마친 일라이는 양쪽 소매를 걷어 붙였다.

"딱 스무 개만 만들어야지."

라예가르와 본인이 먹을 것만 빚으면 될 거라는 아주 단순한 생각에서였다. 여전히 톡이 빗발쳤지만, 일라이는 깡 그리 무시한 채 바율 옆에 자리를 잡고 만두 제조에 들어갔다.

그렇게 두어 시간이 지났다.

"음."

리타는 식탁을 내려다보며 긴 고민에 빠졌다. 가장 만두를 잘 빚은 이에게 특별 요리를 해 주겠다고 약속했으니, 응당 그 대상자를 골라야 했다.

마황과 데스, 그리고 아몬, 바르, 아고스가 숨을 죽인 채 리타를 주시했다. 그녀의 입에서 어떤 이름이 호명될지 긴장한 기색들이 역력했다.

반면 바율과 일라이는 자신들이 빚은 만두를 보며 나름 흡족해하는 중이었다. 태어나서 처음 해 봐서 그런지, 뿌듯한 기분마저 들었다.

"저는 이거요! 이게 제일 마음에 드네요!"

"…뭐?"

"지금 장난해?"

"스승님……?"

"잘못 짚으신 거 아니에요?"

"아니, 이게 어떻게 일등이에요? 누가 봐도 완전 엉망인데!"

마족들의 원성이 쏟아졌다. 그도 그럴 것이, 리타가 꼽은 건 바율이 빚은 만두였기 때문이다.

필살의 의지로 예술의 경지라고 해도 무색하리만치 곱게 빚은 마족들의 만두와 달리, 바율의 만두는 모양도 별로인데다 심지어 터진 부분까지 있었다.

"리타, 정말 내가 제일 잘했어?"

"그럼요! 도련님처럼 귀하신 분이 언제 이런 걸 만들어 보신 적이나 있나요? 그런데도 어쩜 이렇게 끝까지 포기하지 않고 완성하셨는지! 너무 잘하셨어요!"

"만두는 우리도 처음 만들었다고!"

"내가 손가락에 쥐가 나는 것도 참아 가며 얼마나 노력했는데!"

"이거 너무 편파적인 거 아닙니까?"

"와, 진짜 어이없다."

"그래서요? 그 말씀들은 만두를 먹지 않겠다는 뜻으로 들리는데, 맞아요?"

다섯 마족의 얼굴에는 억울한 기색이 만연했지만, 그들 중 누구도 감히 함부로 입을 열지 못했다.

분하고 원통해도 그들로선 어쩔 수가 없었다. 만두라도 제대로 먹으려면 리타의 심기를 거스르면 안 된다는 것을 그들은 이미 잘 알고 있었기 때문이다.

그렇게 조금은 불공정한 심판 하에 올해의 만두 대전은 끝이 났다.

"이럴 줄 알았으면 대충대충 했지."

리타가 보지 않는 곳에서 데스의 투덜거림이 연신 이어졌지만, 새해이니만큼 특별 요리를 다 같이 먹자는 바율의 요청에 다행히 마지막은 훈훈하게 마무리할 수 있었다.

"모두들 새해 복 많이 받으세요!"

〈외전 끝〉